Kuro & Yanase
「運命の猫」

だったら、これくらいしてみろ」
背後から歩み寄り、その顎を捕らえて上を向かせる。
驚きに丸くなった目をのぞき込みながら、
は彼の唇を奪った。
本文50ページより）

Chara

運命の猫

火崎 勇

キャラ文庫

この作品はフィクションです。
実在の人物・団体・事件などにはいっさい関係ありません。

目次

口絵・本文イラスト／片岡ケイコ

その日、俺はとても御機嫌だった。

つい先頃、グラフィックデザイナーとして今まで手掛けたものを纏《まと》めた本が出版されたのだが、その売上がよく、このタイプの本としては珍しく重版がかかり、御褒美として出版社が一席もうけてくれたのだ。

代価を要求されない奢《おご》り酒は美味《うま》く、足元がふらつくまで飲んだのは、多分学生時代以来だろう。

掲載された仕事の中に、今売りだし中のロックグループのＣＤジャケットが入っていたり、単館ロードショウで一世を風靡《ふうび》した映画の宣伝物が入っていたりしたのが、売上に大きく関与していたのだろう。

だが、出版社の連中はそのことには触れず、『梁瀬《やなせ》先生のお力ですよ』とずっとこちらを持ち上げてくれていた。

俺は他人の世辞にさして浮かれる方ではない。

だが、やはり仕事が認められるのは悪い気持ちではないし、その日はその席へ向かう前にも、仕事を受けたクライアントから仕事の出来を褒められ、感謝のしるしだとポーターのバッグをプレゼントされていたのだ。

重版や贈り物も嬉《うれ》しかったが、それ以上に自分が評価されたことが嬉しかった。

嬉しい時には、取り敢《あ》えず喜ぶべきだろう?

明日まで覚えていたり、それでいい気になったりしなければいいだけのことだ。

この酔いが醒《さ》めるまで、自惚《うぬぼ》れてみるのもたまには悪くない。

そんな気分になっていた。

マンションの前までタクシーで乗り付け、少し多めに代金を払ってやってエントランスへ向かう。

薄いコートのポケットに両手を突っ込み、クツ音を響かせて光の方へ。

その時だった。

「『ハリセコウキ』さん?」

マンションの玄関の明かりの輪の外から、青年の声。

振り向くと、黒のタートルのぴったりとしたセーターに黒いズボンという、黒子のような格好をしたスタイルのよい青年が現れた。

好みの顔だ。

華やかではないが地味でもない。品はよいが、まだ完成されていない若さがある。

「『ハリセ』じゃない。『ヤナセ』だ。『梁瀬恒季《こうき》』」

だが、名前を間違えられるのは不快だった。

ムッとして睨《にら》みつけると、彼はすぐにペロッと舌を出して頭を下げた。

「ごめんなさい、ワザとです」

悪戯《いたずら》っぽく笑うその表情も可愛《かわい》い。

「梁瀬さんのこと、待ってたんです」

「俺のことを?」

サラサラの明るい色の髪、奥二重のすっきりとした眼差し、全体的に上品な印象のある雰囲気からすると、親父狩《おやじが》りの不良ではないことは確かだろう。

「そう。気を引きたかったんです」

「どうして」

「俺、猫だから拾って欲しくて」

「猫?」

「犬はすぐに尻尾《しっぽ》を振るけど、猫は差し出された手の匂《にお》いを嗅《か》いで、ちょっとだけ噛《か》んでみるでしょう?」

「つまり、名前をワザと間違えたのは、猫の甘噛みと一緒だと?」

「そう。怒りました？」

「別に怒りゃしないさ。猫なら当然のことだ」

いつもなら、バカバカしいと背を向けて立ち去っていただろう。

だがこの日の俺はとても上機嫌だったのだ。

この見目のよい青年のジョークが、酔っ払った俺にはとても洒落《しゃれ》て聞こえた。

「で？　猫は俺の指を噛んで満足したのか？」

「ううん、まだ。あなたの指はいい味がするから、興味が出た」

「興味ね」

こういうのは自分にも覚えがあった。

学生時代のバカな賭《か》けだ。

突拍子もつかないことをやって来いと、罰ゲームのように仲間内と約束させられるのだ。俺の場合は工事現場から警告灯を盗むだの、教授に愛の告白をするだのだった。

きっと、この子は俺に猫だと名乗れとでも言われて来たのだろう。

「拾ってくれる？」

そして茶の一杯でも奢らせろ、ってところか。

俺は彼をもう一度上から下まで眺め回した。

危なそうなものや、カメラや録音機器どころか、荷物らしいものは何一つ持っていない。顔立ちはさっき言ったように小綺麗で、おとなしそう。着ている服は上下黒だが、安物ではないことはわかる。

美術系の大学の学生と言ったところか。

「いいだろう」

俺は笑って頷《うなず》いた。

こういう遊びは嫌いじゃない。

「俺がお前を拾ってやればいいんだな」

青年は一瞬信じられないというような、驚きと喜びに満ちた表情を見せた。

何だ、まともな反応じゃないか。

「付いて来い。ただし、イタズラが過ぎるようだったら叩《たた》き出すからな」

手を伸ばし、引き寄せるように頭を撫《な》でる。

柔らかい、手触りのよい髪だった。

これがナンパだったら乗っていたかも知れない。仲間の間では公然の秘密だが、俺はバイなので、自由恋愛の対象なら男も選ぶことがあるのだ。

名誉のために言うが、ウリだったら尻《しり》を叩いて追い出しただろう。そういうのは好きではないから。

どっちにしても今回はジョークということで、猫だという青年を中へ入れた。エレベーターに乗って三階へ。ポケットから取り出した鍵《かぎ》でドアを開け部屋へ。

「おじゃまします」

主はここにいるというのに、猫は扉をくぐる時にそう挨拶《あいさつ》をした。躾《しつけ》のいい育ちをしているのだろう、靴もキチンと揃《そろ》えてから上がる。

「お茶でいいな?」

「うん」

「そこらのものをいじらず、おとなしく座ってろ」

「はーい」

彼はちょこんとリビングのソファに腰を下ろし、辺りを見回した。

「こんな部屋なんだ…」

小さく漏らした声が聞こえる。

それはちょっと嬉しそうな響きを持っていた。

俺はコートを脱いでソファに掛けるとキッチンへ行って、彼のためにはティーバッグで紅茶を淹《い》れ、自分のためには冷蔵庫からビールを出した。

本棚に囲まれた広いリビング、向かい合わせに座るソファ。

湯気の立つマグカップを差し出し、自分は缶ビールのプルを引き上げる。

自分の部屋に見知らぬ青年。

まるでコラージュされたような光景が面白い。

「それで？　何をしたいんだ？」

「え？　何？」

「罰ゲームか何かなんだろう？　俺の部屋に入った証拠がいるんじゃないのか？」

だが彼は首を横に振った。

「罰ゲームじゃないよ。本当に俺は猫で、飼い主を探してたんだ。暖かい寝床とご飯をくれる人を」

「…寝床？　まさか身体を売ろうってんじゃないだろうな」

不快感を露《あらわ》にして眉を顰《ひそ》めると、再び彼が首を横に振る。

「違うよ。寝床っていうのは『眠る場所』ってこと。それに猫はお金なんか必要じゃないから、何か要求したりしない。ただ…」

「ただ？」

「ただ、俺がそうして欲しいって思った時にかまってくれればいいと思うけど」

「擦り寄って来る猫の頭を撫でるように、か」

「そう。猫はそれ以外要求しないんだ」

「じゃあ来いよ、撫でてやるから」

青年はフッと笑った。

「ダメだなぁ、梁瀬さん。猫は『来い』って言ったから来るもんじゃないんだよ」

「なるほど。じゃ、今は何をしたいんだ?」

「寝たい。ずっと外で待ってたら寒くなっちゃったし」

確かに、彼は身体を縮こませている。

恐縮しているのかと思ったが、寒くて震えていたのか。

「どれくらい待ってたんだ」

「二時間くらい」

「そいつは大変だったな」

「あと十分待って戻って来なかったら帰ろうと思ってた」

「じゃ、この偶然にお互い感謝だな」

「偶然? 違うよ、運命だよ」

その言葉を聞いて、俺はまた笑った。

「運命とは大仰だな」

「だって本当だもん。俺が猫になったのも、ここへ来たのも、梁瀬さんが部屋に入れてくれたのも、みんな運命なんだよ」

それはそうかも知れない。

もしもこれが昨日だったら、俺はかけられた声を無視していただろう。相手にしたとしても、部屋には入れなかっただろう。

偶然は三度重なれば運命になる。

それなら、彼がここにいることを運命と呼ぶのを許してもいいかも知れない。

「客用のベッドを貸してやるから、今夜はそこで寝るといい」

「ううん、今夜はこのソファでいいや。ここで寝かせて」

「寒いぞ」

「いいの。ここが気に入ったからこっちで寝る」

「毛布くらいはいるだろう」

「…うん」

目が落ち着かない。

何かされるのを怖がっているのか、今更自分の嘘《うそ》に脅えているのか。どっちにしろその落ち着かなさは、俺を不審がらせるより先に、彼への好感を生んだ。

小心者で可愛いじゃないか、と。

これもまた酒のせいだろう。

「じゃあ、毛布を持って来てやろう。今夜お前はここで寝る。俺は向こうで寝る」

ワザとゆっくり、俺は自分の寝室を指さした。

「それじゃ、話はここまでだ。拾ってやったってことはお前はここにずっといるんだろ？　俺は今日は一杯飲んでて眠いんでな、今夜はここまでだ。聞きたいことは明日聞こう。それでいいな？」

「本当に飼ってくれるの？」

「猫が出て行くまでは世話をするさ。生き物は粗末にしないタチだからな」

「…ありがとう」

にっこりと笑うその顔は、ちょっと写真に撮っておきたいほど可愛らしい。

それでも、俺は彼の使ったマグカップを洗わずにそっと戸棚にしまった。そんなことはないと思うが、新手のドロボウだったとしても、これで指紋が採取できるだろうと思って。

毛布を持って来て、青年に渡し、自分は部屋へ入るとそのまま服を脱ぎ捨ててベッドの中へ。

気分はよかった。

今日はいい一日だった。

仕事の最中は外へ出ることも少なく、退屈な日々を過ごしていたから、称賛を浴び、酒を楽しみ、気の利いたジョークに応えたこの一日は、自分にとって最高だったと思えた。

猫は美形で気に入ったし。

眠りに落ちるまで、俺は本当にそう思っていた。

明日からが楽しみだ、そう思うほどに…。


たっぷりと睡眠を取り、浮かれた気分も、アルコールも抜けて迎えた朝。

俺はカーテンを閉め忘れた窓から差し込む日差しで目を覚ました。

「…何時だ?」

眩《まぶ》しい。

枕元の時計に手を伸ばそうとして、自分の腕に時計をはめたままだったことに気づいた。いつもは外して寝るのに、昨夜は本当にバッタリ倒れて眠ったようだ。

視線をそちらへ移し時刻を確認する。

時計の針は十一時を示していた。

頭が少し重たい。

翌日に酒を残すのは久しぶりだ。

「だりぃな…」

のそのそとシーツを蹴《け》り寄せて起き上がる。

寝心地が悪いと思ったらワイシャツも着たままだったとは。

緩慢な動作で皺《しわ》だらけの服を脱ぎ、ベッドサイドの椅子《いす》にかけてあったパジャマのズボンだけを穿《は》いて、半裸のまままずタバコに火を点《つ》けた。

「やれやれ…、ちょっと浮かれ過ぎたな」

首を振ると、コキコキと音がする。

今日は特に予定もないし、まずはシャワーを浴び、メシでも食いながら溜《た》まっていた資料用の雑誌に目を通すか。

咥《くわ》えタバコで、ベッドを降り、脱いだ服を洗濯に出すために丸めて手にする。

リビングへ続くドアを開けると、何だか美味そうな匂いがした。

…美味そうな匂い？

「おはよう、梁瀬さん」

ソファの上に折り畳まれた毛布。

その上へ顔を乗せるようにしながら腹ばいになって寝そべり、トーストしたパンを齧《かじ》っている若い男。

その瞬間、俺は忘れていた全てを思い出した。

御機嫌に酔った自分。

突然声をかけて来た見知らぬ青年。

——猫だ。

「梁瀬さんの部屋、何にもないんだもん。お腹空いちゃったよ。キャットフードとは言わないけど、これからはインスタントラーメンくらい買いおきしといてね」

もちろん、酒が抜けてしまえば自分にもちゃんとした常識は戻って来る。昨夜はあれほど愉快だと思っていた『見ず知らずの他人を家に入れる』ということが、どれほど非常識なことだったか、今の自分にはわかっていた。

「お前……！」

「梁瀬さんって、いい身体してるんだね。こうやってじっくり見ると、インドアの仕事の人に見えないよね。髪は長めだけど、筋肉質でワイルドな感じ」

「…水泳をやってるからな」

「ああ、やっぱり。水泳って、均整がとれるって言うものね」

違う。

こいつと今話さなくてはならないのは、そんなことじゃないはずだ。

もっと根本的で常識的な話をしなくちゃならない。

「お前、どこから来た？」

そう、そういうことだ。

「野良《のら》。住所ナシ。あ、でも今日からはここに住んでいいんだからここが家」

「名前は？」

「ないよ。梁瀬さんが好きに付けて」

「年は？」

「大丈夫、成人してるから。俺をここに置いても未成年略取誘拐ってのにはならないよ。猫又だと二回尻尾が割れたって言うのかな」

「何だそりゃ」

「猫は十年生きると尻尾が割れて猫又って妖怪《ようかい》になるんだよ。知らないの？」

「知るか、猫なんか飼ったことはない」

「ま、飼ってても知らない人もいるけどね」

「いや、だからそんなことはどうでもいいんだ。お前の名前と住所だ。親がいるんだろう。二十歳を過ぎてるとは言っても一人で暮らしていたわけじゃないだろう」

「だ・か・ら、俺は野良猫だから家も名前もないの」

「そんなワケないだろう」

俺は丸めていた服を床へ投げ捨て、彼の側へ歩み寄った。

青年はパンを口に咥えたまま起き上がり、辺りをキョロキョロしたかと思うとテーブルの上の灰皿を差し出した。

「灰、落ちるよ」

「…ああ」

灰皿が欲しくて歩み寄ったわけではないのだが、つい受け取ってしまう。

「お腹、空いてる？　パン焼くだけならしてあげるよ」

「いいから、猫、そこへ座れ」

「座ってるよ」

「…詰めろ、俺も座る」

「どうぞ」

彼はソファの一番端に正座した。それを見下ろすように、畳《たた》んだ毛布の上に腰掛ける。

だがやはり、何を言うべきなのか考えつかなかった。

苦虫を噛み潰《つぶ》したような顔で睨みつけはしたものの、自分がここへ招き入れてる以上『出て行け』といきなり叱《しか》るわけにもいかないではないか。

「お前、ここで何がしたいんだ」

「何も？」

「目的があってここへ来たんじゃないのか」

「目的…。強いて言えば梁瀬さんと暮らすこと？」

「俺と暮らしてどうする。自分のチャンスに繋《つな》げるつもりか？　それとも、友人に自慢でもするのか？」

猫はキョトンとした顔をすると、すぐに笑い出した。

「俺、グラフィックはやらないよ、好きだけど。それに梁瀬さんと暮らしたからって、猫には自慢にも何にもならないじゃん」

「じゃあどうして」

「俺に何かメリットがないと不安？　俺を人間だと思うからそう思うんだよ。猫だったら普通のことでしょう？　気に入った人の家まで付いて行って、そこに居着くって。それに、ここを追い出されたら、また野良になっちゃう」

「野良になったらどうするんだ」

彼はちょっと考える仕草をして、こう答えた。

「のたれ死に？」

「縁起の悪いことを言うな」

「でも、他に行く場所がないんだもん」

嘘だということはわかっていた。

行く先がないにしては身なりが良すぎる。

だが、一〇〇パーセント嘘だと言い切ることはできなかった。たとえば、親が死んだばかりとか、イザコザに巻き込まれているとか、本当に行く先のない場合だってないとは言えない。

ここを追い出して本当に悪い結果になられても困る。

「迷惑かけないから、ここにいてもいいでしょう？」

「迷惑かけないって…」

「場所は寝るとこだけでいいし、仕事の邪魔はしない。食事だって自分で勝手に食べるし、掃除や洗濯も自分でする」

「家政夫になるってことか？」

「それはナシ。俺、猫だからそういうのできないんだもん。自分の分はするけど、梁瀬さんの分までやると、きっと迷惑かけちゃうよ」

「ヘタなのか」

「うん、多分。でもパン焼いたりコーヒーくらいは淹れられるよ。最近の猫は仕込めば芸くらいするからね」

どこまでも猫で通すというわけだな。

俺はもう一度彼をじっと見つめた。

昨日見た時も小綺麗なヤツだと思ったが、朝の（もう昼近いが）光の中で見てもそれは変わらない。

彼の言葉を信じることはできないが、自分の目を信じるとすれば、彼をここへ置いてやってもさして悪い結果が待っているとは思えなかった。

むしろ、目の保養にはなるだろう。

どうするか…。

俺は短くなったタバコを灰皿で捩《ね》じ消し、天井を仰いだ。

ここで騒ぎ立てても何かいいことがあるわけじゃない。

こいつがここにいて、それが盗みを目的とするのではないなら、いずれ飽きて出て行くだろう。もし自分のチャンスになると思ってここへ来たなら、それはそれで才能を見てから叩き出せばいい。

もしも俺が望みで来たのなら…、まあそれも悪くないだろう。裏がないなら。

「わかった、いいだろう」

俺は立ち上がり、いったんその場を離れた。

もちろん、手元になくなったタバコを取りに立ったのだが、ついでに仕事用のデジカメも持って戻った。

「お前をここへ置いてやってもいい」

「それ、昨日も言ったよ」

「昨夜は酔ってたからな、心神耗弱《しんしんこうじゃく》状態ってヤツだ。約束は不履行、今から言うのが本当の約束だ。お前をここに置くのには条件が二つある」

「何?」

「一つは仕事の邪魔をしない、もう一つは顔写真を撮らせる、だ」

「写真?」

彼の目が俺の手元に向いた。

「やましいところがなけりゃ、かまわないだろう?」

「梁瀬さんは、俺が信用できないんだね。当然だけど」

「そうだ、当然だ。どうする?」

俺はゆっくりカメラを構えて彼を見た。

逃げるだろうか？

だが彼は案外あっさりと頷いた。

「いいよ、その代わり悪いことをしない限り、その写真は他人に見せないでね。それと俺に名前を付ける。この二つが俺の条件。二つずつでちょうどいいでしょう？」

この申し出に少しは怯《ひる》むと思っていたのに。

彼はソファの上に正座すると、髪を撫でつけ、本当の猫が洒落込むようにツンと顔を上げてカメラのレンズを見た。

「さ、どうぞ」

シャッター音がない代わりにフラッシュが瞬く。

三枚撮って、俺はカメラをテーブルの上に置き、タバコを咥えた。

「コーヒー淹れろ」

「今日はサービスで淹れてあげるけど、猫は芸をしないし、今の約束ごとには家事手伝いは入ってないんだから、これからは期待しないでよ」

「家政夫代わりぐらいしろ」

「仕込んでくれたら覚えてあげる。でも忘れないで」

彼はひょいっとソファから降り立ち、こちらを振り向いて笑った。

「俺は家政夫じゃなくて、『猫』だから」

その顔は、もう一度シャッターを切ってやりたいくらい、いい笑顔だった。


「で…、名前は何て付けたんだ？」

「『クロ』」

「は？」

「黒猫だからクロ」

「…梁瀬、それボキャブラリーなさ過ぎ」

「うるせぇな、覚えやすくていいだろ」

目の前には、ダテ眼鏡《めがね》に、どこか飄々《ひょうひょう》とした見慣れた顔があった。

新しい仕事の打ち合わせで、友人でもある作家の柴崎《しばざき》と、いつもの店でタバコの煙に包まれながら啜《すす》るコーヒー。

『あれ』のことをわざわざ他人に吹聴《ふいちょう》するつもりはなかった。自分で言うのも何だが、他人に話すには突拍子もない話だから。

だが、仕事の話をしているうちに柴崎がどうしてもウチにある写真集の中に、イメージピッタリのものがあると言い出したのだ。

言ってくれれば自分で見ると言うのに、彼はその写真集のタイトルを覚えていなかった。

アメリカンな感じで白黒で、と言われても、ウチには一杯ある。

結局、家まで来て、それをチェックするという話になった。

家に来る…、ということは『あれ』に会うということだ。

クロ、と名付けた青年は一週間経った今でも俺の部屋にいたのだから。

部屋に我が物顔で転がっている美青年。

面白がりで、俺の嗜好《しこう》を知っている友人が邪推するのは目に見えている。

それくらいなら先に言ってしまった方がいいだろう。

それに、これから先何かがあってごまかすことがあるとしたら、事情を知っている人間がいた方がいい。そう思って全てを話した、最初から全て。

「お前みたいな男が誰かと一緒に暮らすことができるなんて、考えもしなかったよ」

「俺は極めて普通な男だぞ」

「どこが？　仕事に入ればヘビースモーカーの偏屈。口は悪いわ態度は悪いわ無愛想だわ。前の彼女ともそれで別れたんだろ？」

「三年も前の話を持ち出すな。それにあれは彼女でも何でもない」

「三年前でも事実は事実。少なくとも『優しくない』って言われて女は去ってってたんだろ?」

「どうでもよかったからだよ」

「じゃ、その猫が居着いてるってことは、お前さんにとってその子はどうでもよくないってことだ」

「そうじゃない」

「だって文句も言わずに居着いてるんだろ?」

「だから、猫だからだ」

クロは何も望まなかった。

本当に最初に言った通り、ただ『居る』だけなのだ。

さすがにずっとソファで寝かせるわけにはいかないから、客用のベッドを明け渡してやったが、一日中リビングのソファの上でごろごろしている。

本を読んだり、テレビを見たり。

俺が仕事を始めると覗《のぞ》きに来たが、邪魔をするようなことはなかった。

後ろからそうっと来て、咎《とが》めるとすぐに出て行く。

自分の売り込みをすることもなければ、家捜しをすることもない。家事もしてくれなかったが、それは暫《しばら》くすると俺の方からしなくていいと命じた。

気を遣ってやったんじゃない、彼が自分で言った通りへタだったからだ。

「つまり、今のところ本人の言葉に嘘はないわけだ」

「大元を除いてはな」

「大元？」

「自分が猫だって言うふざけた話だ」

柴崎はニヤリと笑った。

「そいつはどうかな、もしかしたらそれだって本当かも知れないぞ。お前、過去に黒猫を助けたことはないのか？　ひょっとしたら鶴の恩返しならぬ猫の恩返しかもよ」

「バカバカしい。第一、恩返しってほどのことはされてないと言っただろ」

「これからだよ、これから。猫は人を招き、金を招くって言うからな。大きい仕事が来るかも知れないぞ」

柴崎が本気で言ってるのじゃないことはその目が教えてくれた。

「そんなに面白いか」

「面白い。目的もなくダラダラしてるだけで、金もせびらない美青年だなんて、小説の題材になりそうじゃないか」

「だったら、来てその目で見てみるんだな。ついでに、あいつの望みが何なのか、お前が聞いてくれりゃありがたいよ」

「是非そうさせてもらおう」

吸っていたタバコを消して、二人同時に立ち上がる。

伝票は俺が持った。支払いは経費として落とすつもりだから、不本意だが奢ってやる。

俺の車に乗り込み、マンションへ着くまで、柴崎の話題はクロのことばかりだった。

だが俺に答えてやれることはない。

一週間経った今も、自分にとってあの青年は全くの謎《なぞ》なのだから。

彼がやって来て、いいことが一つある。俺が鍵を忘れても、インターフォンを押せば内側から彼が開けてくれるということだ。

インターフォン越しに、『俺だ、開けろ』と言うだけで、ドアは開く。

「お帰りなさい」

俺には見慣れた顔がドアを開けると、背後で柴崎がヒューと口笛を吹く。

クロは驚いた様子もなく、にっこりと笑うと教えておいたセリフを口にした。

「早かったですね、先生」

変に勘ぐられるのが嫌だったから、こいつには『他人がいる時には助手だって顔をしてろ』

と命じたのだ。

「先生はいい。こいつにはみんな話してある。柴崎、こいつが件《くだん》の『猫』だよ。クロ、こいつは友人の柴崎だ」

「こんにちは、クロちゃん。柴崎です、ヨロシク」

「こんにちは、初めまして。梁瀬さんの猫です」

呆《あき》れた話だ。

だが、これが現実なんだから仕方がない。

「黒猫だって聞いたけど、今日はブルーのシャツなんだねえ。梁瀬が買ってくれたの？」

「いいえ。毛皮は自前です。猫だってお洒落はしたいですから、時には毛皮の色くらい変えるんですよ」

「荷物、持って来てなかったって聞いたけど？」

「ええ。でも不潔にしてると追い出されるから」

「ふうん、猫らしく別宅を持ってるってワケか。俺も昔猫を飼ってたけど、美人ＯＬのとこでも餌《えさ》もらって、別の名前を付けられてたよ。クロちゃんも、ここが嫌になったら今度はウチに来れば？」

「考えておきます」

俺は二人が語り合うのに任せ、自分はさっさとリビングのソファに身を沈めるとタバコに火を点けた。

立ち上る紫煙に気づいて柴崎も灰皿の前に寄って来る。

クロだけが煙を睨むようにしてキッチンの入口に突っ立ったままだった。

「あれ、こっち来ないの？」

「あいつはタバコが嫌いなんだよ、何せ猫だからな」

「ああ」

そう言ってしまう俺も俺だが、納得する柴崎も柴崎だ。

彼は酔っていた時の俺と同じように、このジョークをとても気に入っているようだった。

「いつまでも猫にかまってないで、例の写真集を探せよ。仕事で来てるんだろ」

「はい、はい。でも仕事終わったら猫と遊んでいい？」

「仕事が終わったらな。おい、クロ。こいつと俺にコーヒー淹れてくれ」

「仕事？　その人広告会社の人？」

「作家だ。今度はこいつの本の装丁やるんだよ」

「そういうのって間に出版社の人が入るんじゃないの？」

「こいつは別だ。古い付き合いだからな。直接注文を聞いた方が早いんだ。いいから、早くコーヒー持って来い」

「はあい」

不承不承ではあるが、返事をしてキッチンに消えるクロを見て、柴崎は耳打ちして来た。

「彼氏、働いてくれてるじゃん」

「コーヒーしか淹れらんねぇんだよ。メシも作ってくれりゃありがたいんだがな」

「教えりゃいいじゃん。いいアシスタントになるかもよ?」

「全くその気はねぇみたいだな。出来るのはインスタントだけさ。いいから先に写真集」

「何だよ、探り入れてくれって言ったじゃないか」

「仕事が終わってからだ、バカ」

柴崎は『へいへい』と中途半端な返事をしながら席を立ち、咥えタバコでリビングの本棚に向かった。

確かに、彼に少し探りを入れて欲しいと思っていた、ついさっきまで。

だが、どうでもいいと思ってるはずなのに、少しは飼い主の自覚ができたのか、自分の猫が他人と親しくしているのを見ていたら、ちょっとムカついたのだ。

まだ俺でさえ、さしてあいつのことを知ってはいないのに、柴崎ごときに先を越されるのは妙に嫌な気分だったのだ。

独占欲、というのかも知れない。

自分の持ち物に手を出されたくないという。

柴崎に言ったより、自分は既にクロをとても気に入っていたから。

柴崎はどっかりと本棚の前に腰を下ろし、片っ端から本を引き出してはページをめくっている。その後ろ姿にクロが近づく。

「はい、灰皿とコーヒーです」

「お、サンキュ」

普通はこっちが先だろう、と思うとクロは振り向いて俺の方へコーヒーを持って来た。

「はい、梁瀬さんもコーヒー」

そして俺の隣に座る。

「柴崎さんって、前に梁瀬さんが装丁手掛けた『ドラクロアの夜』の作者さん？」

彼はここへ来てすぐにコーヒーの淹れ方を覚え、俺好みの味を覚えた。

それは彼が器用で物覚えがよいという証しだろう。

「ん？　ああ」

何もできなくても、素地は悪くないってことだ。

「あれ、面白い装丁だったよね。端っこの箔押《はくお》しが奇麗で」

「よく気づいたな。ほんのドットだけの箔だったのに」

「梁瀬さんのデザインって細かいところが面白いから好き。捜し当てると、気づいたのが自分だけかもって気になるし」

それは自分の意図してたことなので、まんざらでもなかった。

一週間過ごしてわかったのだが、クロは俺の仕事をよく追っかけていた。

そして、デザインの意図をくみ取ることもできる感覚を持っていた。

彼をすぐに追い出さなかったのは、そういう彼の感性にも興味があったからだ。

けれどそれは、デザインをやっているからというわけでもない。どれほど興味を持っても、彼はデザインをやっている人間ならかならず口にする『自分だったら』という批評はしない。

デザインをやっている者ならばわかる単語も、理解できない。

それがよいのだ。

生半可な知識をひけらかして、わかっているのかいないのかもハッキリしないまま『ここはこの方が』とか『ああしたらもっと面白くなる』と講釈をたれられるのは、俺の最も嫌う批評なのだ。

好きなら好き、嫌いなら嫌いでいいじゃないか。

美しいものが何故《なぜ》美しいのかを分析する必要なんてない。

その点では、拙《つたな》いクロの感想は、俺にとって心地よかった。たとえそれが称賛ばかりでなかったとしても。いや、称賛ばかりではないからこそ、だな。

「あった、あった。梁瀬、こいつだよ、この写真のイメージがいいんだ」

柴崎が立ち上がると、クロも立ち上がった。

まるで二人が入れ替わるように場所を替わる。

「梁瀬さん、俺、出掛けて来るね」

「おいおい、クロちゃん。俺のお相手はしてくれないの？」

「一時間で帰って来ます。それまでいらっしゃったら、また遊んでくださいね」

「ＯＫ。じゃ、それまでコイツと仕事の話、終わらせとくよ」

クロはひらひらと柴崎に手を振ると、そのまま部屋を出て行った。

玄関のドアが閉まる音が響いた途端、同じようにひらひらと手を振っていた柴崎の顔が変わる。

「彼氏、マトモじゃん」

「マトモじゃないなんて言ってねぇぞ」

「そりゃそうだけどさ。もっとバカ丸だしのお子様かと思ってたよ」

手にしていた写真集をテーブルの上に置き、新しいタバコに火を点ける。俺達二人が並ぶと

エントツのようだと以前編集に言われたが、それは正しい。

「あの人あしらいの上手《うま》さは、ガキのもんじゃないな」

「二十歳は越えてると言ってた」

「だろうな。ガキってのは大人に対する口の利き方がわかんない生き物だ。だがあの子は俺とお前に対する口の利き方を使いわけてた。それに、敬語を使う場所と砕けた口調になるタイミングも上手い」

「それで？　名探偵の今のところの分析は？」

お互い、顔を見合わすことなく、並んだまま煙を吐き出す。

「社会経験があるか、大人の中で生活したことがあって、ある程度の学歴もある青年。金回りも悪くないだろう。だが、パパラッチ狙《ねら》いでもない。もしそうなら作家の俺様が来たんだからもうちょっと食いつきがあるだろう？」

「お前のことを知らないのかもよ」

「お前が仕事をしたってことは知ってたんだ。有名かどうかは別にしても『作家』であることは知ってるだろう。ここで写真を撮ったり録音を回したことは？」

「ない。一度も」

「じゃ、目的は…」

「目的は？」

柴崎は両手を上げた。

「わかんないな。お前の純粋なるファン、暇人の金持ちボンボン、そんなとこじゃないの？」

「いい加減だな」

「何言ってる。あれだけの会話でここまで割り出したんだ。褒めろよ」

柴崎の答えが曖昧《あいまい》なのを、どこかで歓迎している自分がいた。

気の利いたジョークで済ませておきたいという気持ちがあった。

彼が、何かの目的を持って入って来たと考えるのは不快だったから。

「だが興味は湧いた。少し調べてやるよ。もっとも、仕事が暇になったら、だけどな」

気に入らない。

面倒だ、怪しいと思っていたのに、柴崎という第三者が現れたことで意外なほど自分がクロを気に入っていることに気づかされた気がする。

いや、気に入っているのはわかっていた。ただそれが親しい柴崎であろうと、横取りされたくないという気持ちになっているほどだというのを自覚させられたのが不満なのだ。

「でもまあ、お前みたいに他人とかかわるのが好きじゃない人間には、俺やあの子くらいサバサバしてるヤツが側にいるのはいいんじゃないか？」

「何だよ、それは」

「うざったく纏わりつかれるのはキライだろ？　あの子がファンだったとしても、俺が見てる限りはうるさくはしてなかった。ということは、案外ウマが合うかも知れないぞ」

自分もそう思ってはいた。

だが、それをこいつから指摘されると素直に頷く気にはなれなかった。

「そんなことより、先に仕事するんだろう。どのページの写真なんだ」

「ああ、コレだよ。このパイプのヤツ」

何だか、中途半端な気分。

彼が何者だかわからないから、自分の取りたい行動もわからない。

一緒にいても、これと言ってリアクションを起こさないから、大きく反応することもできない。好きとも、嫌いとも、まだ言えない。

いや、言えな『かった』だ。

少なくとも今は違う。

波立つことのなかった二人だけの生活に、柴崎という石が投じられ、波紋が起こってしまった今は…。

「この写真、使えないかなぁ」

「似たようなのは探してやれるが、こいつはどうかな？　ギャランティかかるぜ」

仕事の話を始めながら、俺の意識は別の方に向いていた。

一週間も過ぎてから『とても』気に入っていると自覚した、この家にいるもう一人の住人のことへ。

あれを、もっと手元へ引き寄せたいと思っている自分のことへ…。


柴崎は、俺が最初に撮ったクロの写真の一枚を貰《もら》って、戻って来たクロと少しだけ話をして、夕食の心配をする前に帰って行った。

写真を渡すことに多少抵抗はあったが、そこまで我を張ってもしようがないし、渡さないことには話が始まらない。

疑問を抱えたままでは、クロへの気持ちも宙に浮いたままになるだろうから。

「灰皿、山だね」

どうせあいつも当分は雑誌の締め切りが詰まっているはずだから、クロのことを調べることはないだろう。

「そういえば、梁瀬さんがいない間に電話、入ってたよ。留守電聞いた？」

今のこの状態が気に入っている。

「いいや、まだだ」

彼と普通に過ごすこの時間に馴染《なじ》んで来ている。

「仕事の話みたいだから聞いた方がいいと思うけど」

だから、壊したくない。

「聞いてたのか」

「聞こえちゃったの。ここにいたから。山下《やました》って人からだった」

俺はムッと顔をしかめた。

それに気づいて灰皿を片していたクロの手が止まる。

「嫌いな人？」

「あまり得手じゃないな」

「じゃ、覚えておく。主人の嫌いな人に喉《のど》を鳴らしたくないから」

「引っ掻《か》けとは言わないが、その方がありがたいな。昔世話になった人の息子なんだが、あまりいいヤツじゃないから」

自分の大嫌いな臭いの元を片付けてしまうと、彼はすっかり冷めたコーヒーを新しく淹れなおして持って来た。

今のところ自信があるのはこれだけだから、コーヒーだけはサービスがいい。

「柴崎さんって、面白い人だったね」

と言われて少しまたムッとする。だが顔には出さない。

「変わった男だ。作家ってのはあんなのが多いんだろうが、何にでも顔を突っ込みたがる」

「作家ってそうなの？」

「…お前、あいつがどんな本書いてるか知ってるか？」

俺は彼に名声に傾くミーハー心があるかどうかを確かめるために聞いて見た。

「何冊か読んだよ。梁瀬さんが装丁したヤツ。あのスポンジみたいな遊び紙がついてた本はちょっと面白かった」

「あれで結構売れてるらしい」

俺がタバコを取り出そうとすると、彼が目の前にコーヒーのカップを押し出す。タバコを吸うならこっちで口を慰めろという意味なのだろう。

「うん、知ってる」

さんざん吸った後だし、まあそれもいいか。

俺は素直に彼の淹れたコーヒーの方を手に取った。

「興味ないのか？」

尋ねると、クロは笑った。

「猫はあんまり本に興味は持たないね」

「読んでるのに？」

「暇潰《ひまつぶ》しだもん。あ、これはあの人には内緒ね」

柴崎の推測は当たっているだろう。自分も考えていたことだ。

クロは、ある程度の家庭で育った教養のある人間だろうし、金回りもいいのだろうということは。

だがもう彼がどんな生活をしていたのかを探ろうという気持ちは薄かった。いるならいるでいい。不快にならなければそれでいい、と。

だが、柴崎が彼のことを色々とつついたせいで、今は別の意味で興味が湧いている。

彼を警戒してるからではなく、気に入ってるから知りたいという意味で。

「お前、大学は出たのか」

クロは向かいのソファに座っていたが、俺がそう聞くと立ち上がり、テーブルを回って俺の隣に座った。

「俺に興味出たの？」

嬉しそうな顔だ。

「最初から色々聞いてただろう」

「最初のは得体の知れないヤツの身上調査でしょ？　でも今は違うみたいな聞き方したから」

「頭がいいな」

こちらの気持ちを読み取ったセリフに苦笑する。

「違うよ、猫は気配に敏感なんだ。…とても臆病《おくびょう》だから」

そう言うと彼は足をソファの上へ乗せ、本当の猫がするようにころんと丸くなった。

「おい、おい」

猫というより子供のように頭を俺の膝《ひざ》の上に乗せる。

「俺がどんなところから来てても、関係ないじゃん。今はここにいるんだし。梁瀬さんの仕事の邪魔をしなければここにいてもいいんでしょう？」

誰かが、駆け引きも、セックスもなく己の体温を押しつけて来る感覚は悪くはなかった。

「話せないような過去があるのか？」

腿《もも》の上にある頭が微かに震える。

顔は見えないが笑ったせいであるのはわかる。

「もし梁瀬さんが俺が不幸な目にあってここへ逃げて来たって想像してるんなら、残念でした。俺はずっと幸福な猫だったよ。今までも、そして今も」

「じゃあどうしてこんなところへ来た?」

細い指が俺の膝の上へ投げ出すように乗る。

少しくすぐったいが、それもまた温かい。

「梁瀬さんに会いたかったから。この膝の上に乗りたかったから」

「そいつは恋の告白のように聞こえるぜ」

「それでもいいよ。猫ってのはいつも思わせぶりなものだから」

「その手は誘ってるつもりか?」

「手?」

「膝の」

また頭が揺れる。

「だって、男が男を誘っても、関係ないでしょう?」

コイツは俺のことを色々調べているふうだが、さすがにそこまでは知らないのか。

「…そうだな」

まあ当然と言えば当然だが。

「お前、どうしてここへ来た」

「だから…」

「俺に会いたいと思った理由は何だ？」

クロは黙った。

黙ったまま、膝の上の手を撫でるように動かした。

子供がするような仕草だが、俺には少しヤバイ動きだ。

「俺のことを知ってるのか？」

「本で見たよ。他のところでも」

「会ったことあったか？」

また黙る。

「正直に言えよ」

「正直に？　会ったこと、ないよ」

そうだとは思った。

こんな奇麗な顔のヤツ、そう簡単に忘れるわけがない。

もし過去に会ったことがあるのなら、たとえハッキリは覚えていなくとも『どこかで会った』くらいの記憶は留めているだろう。

だとしたらますます理由がわからない。

彼が俺のファンだとしても、この行動は大胆過ぎるではないか。

頭もよく、教養もありそうな人間のとる行動ではない。普通に考えれば、どこか仕事先からルートをたどるか、声をかけるにしても普通に『ファンです』と言うだろう。

「作品を…、いっぱい見たんだ。ずっと、ずっと、見てた。だから、この部屋に来てみたかった。どんな部屋で作るんだろうと思って。仕事してる時や、オフの時、どんな顔をしてるのか見てみたかった」

「俺のファンか」

「違う」

思ったよりも即座に戻る返事。

そう簡単に否定されると面白くない。

「じゃ、何だ？」

クロはくるりと向きを変え、こちらを見上げた。

「…猫だよ」

その目が妙に真剣で、やはり俺はこいつとどこかで会ってるんじゃないかと思わせた。それを思い出すまで、答えをはぐらかされてるんじゃないか、と。

「俺は、梁瀬さんの猫なんだ」

「意味深だな」

「どうして？　単純じゃない」

「犬じゃダメなんだろ？」

「ダメ」

「俺にはその差がわからんな」

「簡単だよ。だって犬は…」

いいかけて、彼はクスッと笑った。

「犬と猫の違い、自分で考えてみれば？　こうして何でも素直に教えてくれないっていうのも、その一つだよ。犬は何でも主に忠実だけど、猫はそうじゃないからね」

そのまま起き上がり、すいっと俺の頬を嘗《な》める。

「ニャーオ」

柔らかな唇と舌の感触。

それは猫っぽさを表した演出のつもりだったのだろう。

「見たい番組があったんだ」

だからそこから先は要求せず、そこから先があることも知らないように、笑いながら、テレビのリモコンを取りに席を離れてしまう。

こいつは思ったより子供なのかも知れない。そうでなければかなりの性悪だ。

「お前、二十歳は過ぎてるんだったな」

「うん、それくらいは教えてあげる。誕生日が来たら二十二になる」

テレビの前に座って、始まったばかりのバラエティ番組を見たまま、振り向きもせずに答えるから、ちょっと俺も悪い気が起きたのだろう。

逃げる猫をワザと捕まえてかまってやりたくなる、そんな気持ちに。

「だったら、これくらいしてみろ」

背後から歩み寄り、その顎を捕らえて上を向かせる。

驚きに丸くなった目をのぞき込みながら、俺は彼の唇を奪った。

「な…っ！」

カッと赤くなる顔。

「何すんの…っ！」

「猫の鼻面を嘗めただけ、だろ？」

顕著な反応に気をよくして、俺はにやりと笑った。

彼がスレてなく、俺のことを嫌いではないという反応だったからだ。

「テレビ、見てろよ。メシ作ってやるから」

うー、と睨みつけられて、更に機嫌がよくなる。

質問の途中でテレビに逃げられ、俺との話よりテレビが先かと思ったのだが、彼の視線がテレビへ戻らないってことは、少なくとも俺とのキスはテレビに勝ったってことだから。

「わかったよ、今度っからこれくらいのことしてやるからな！」

尻尾を膨らませて虚勢を張るクロに、俺は心の中で苦笑した。

「期待しよう」

子供なのはこっちだ。

彼を、絶対的にどうこうしたいというわけでもないのに、自分以外の人間に懐こうとするとムッとするし、目の前にいて無視されると気分を害するなんて。

「何も要求されないからなんだろうな…」

誰かに何かを要求される仕事をして来た。

仕事以外で人に会う機会が減って来たせいで、対人関係の中にはいつも要求があった。

もちろん、悪友達との付き合いはある。

時間の都合さえ合えば、いつだって誘いには応じる。

だがその時だって、『遊んでくれ』や『飲もう』と、周囲の人間は自分に何かを求めて近寄って来るものだ。

なのに、クロは何も望まない。

それは俺をほっとさせ、彼を気に入る原因にもなっているのだが、同時に彼にとって自分の存在意義がわからなくなって、イラつき、かまいたくなる理由にもなっている。

いつもは抱き上げもしない飼い主が、そっぽを向く猫の気を引きたがるように。

「術にはまってるな…」

キッチンの入口から振り向くと、クロはもうテレビに夢中になっていた。少なくとも俺にはそう見えた。

整った横顔に画面からの光がチラつく。

「もう少し離れて見ろ、目が悪くなるぞ」

返事はなかったが、彼は腰を動かしながらにじり下がった。

彼の目的が何なのか、無性にそれが知りたかった。

知れば、彼に対する気持ちをもっとハッキリさせられる。

お前がそういうつもりでも、自分は…、と言ってやれる。

「…まいったな」

そこまで考えて、俺は自分が、クロに対して言ってやりたいセリフを思って笑った。

もう嫌いとは言わないだろう。それだけは絶対だ。

興味が湧き過ぎて、手放したくなくなってる。

クロではないもう一つの、彼の名前を知って、それを呼んでやりたいと思っている。

本当に猫のように、居るだけで俺の気を惹《ひ》く彼に、なるべく長くここに居ろと言う気になっている。

それがどういう意味なのか、気づいて。


だが、そんな興味も、柴崎《しばざき》の調査も、暫《しばら》くはお預けだ。

あいつの調査のことは締め切りで忙しいだろうとタカをくっていたのだが、それと同じように自分も仕事で忙しくなったのだ。

猫が幸運を招いてくれるかもよ、と言った柴崎の言葉がチラッと頭を過《よぎ》ったが、関係はないだろう。

新しく舞い込んだ仕事は、以前にも手掛けたイベント会社のフライヤーとポスターで、さして大きいというほどのものでもない。

だが、それに柴崎の本の装丁と、元から決まっていたCDジャケットの仕事が重なったせいで、忙しさが倍増したのだ。

過去、付き合った女達は大抵こういう時期に離れて行った（男とは合意の上での遊びがメインなので、離れる離れないもない)。

最初は仕事はカッコイイだの、多いのは売れてる証拠ねだのと言って誉めそやすのだが、そのせいで彼女達の『会いたい』という要求に応えてやれなくなると態度を変える。

昔からの定番の一言だ。

『私と仕事とどっちが大事なの?』

俺は面倒でその返事をいつもしなかった。

すると相手はフェードアウトしてゆくのだ。

女より仕事だったわけじゃない。

仕事より、女を選びたいと思うような相手だって中にはいた。

だがそういう相手がいればこそ、俺は仕事を優先させた。

働いて、認められて、金を手に入れなければ、その相手を幸福にはしてやれないことを知っていたからだ。

もっとも、定番のセリフを聞いただけで萎《な》えてしまったから、結局質問には答えることはないのだが。

今回も、これが限界かな、と思っていた。

クロに興味は抱いた。

好意も抱いた。

彼も俺の生活に過干渉はしなかった。

だから上手《うま》く行っていたが、全くかまってやれなくなったら、きっと騒ぎだすだろうと。そうしたら、せっかく芽生えた好意も萎《しぼ》むんじゃないかと。

材料探しやクライアントとの打ち合わせで出掛け、仕事部屋に朝から晩まで籠《こ》もりっぱなし。それこそ出て来るのはメシ、フロ、トイレだけだ。

しかも仕事中はいつにもまして精神のどこかが張り詰めたようにピリッとする時がある。

ずっとではないが、何かを構築しかけている時、話しかけられたり、他所事《よそごと》に頭を向けさせられると全てが崩れてしまうので、『俺にかまうな』オーラを発散させるのだ。

女達はそれもまた気づかず、俺から罵声《ばせい》を浴びせられることがあった。

けれど…。

クロは違っていた。

俺が仕事で忙しくなっても、彼はマイペースのまま部屋の中で転がっていた。

トイレに行く度にチラリと見た限りでは、本を読んでる時もあり、テレビを見ている時もあり、どこから持ち込んだのかテレビゲームをやっている時もあった。

もちろん、メモ一枚残して姿を消してる時もある。

決して、『仕事と俺とどっちが大事』などとは言わない。『仕事ばかりしてないで俺のこともかまって』もない。

それどころかこちらがピリピリしている時に声をかけて来ることもなく、疲れて一服している時には黙ってコーヒーを差し出してくれたりもした。

タイミングを図るのが上手い。

こちらが出している信号を受け取ることができるタイプの人間だった。

拒絶している時には逃げるし、求めている時には擦り寄って来る。

気も遣ってくれてるのだろう、食事を作ってくれることもあった。インスタントを駆使しただけのものだが、それはいつも俺の好きなメニューだった。

ひょっとしたら、ここへ来る前に俺の好みを調べていたのかも知れない。

彼に対する好意は日ごとに強くなる。

だがどこかでマズイなという気もする。

クロが気に入れば気に入るほど、彼がこの部屋にいるのが当たり前と思うようになってしまうだろう。

あれは、拾った猫じゃない。名前も素性も教えない人間ではないか。気を許していると、何か大きなしっぺ返しが来るかも知れない。

胸にある気持ちと現実には差があるのだ。

だがそんな用心を囁《ささや》く声すらも、仕事が忙しくなると薄れていってしまう。

全ての思考も神経も、仕事のために使うから、それ以外はどうでもよくなるのだ。

その中へ、染み込むようにクロが入り込む。

部屋を出て、彼の姿がないと目が探す。

飲みたくもないのに、コーヒーを淹《い》れろと命じてしまう。

擦り寄って来る彼の髪に手が伸びる。

日が過ぎるにつれて、クロは自分の生活の一部になっていた。

俺は、こういう人間を側に置きたかったんだな、と認識させられる。

「はい」

パソコンの前から離れて、リビングのソファに大股《おおまた》広げてどっかりと腰をおろすと、コーヒーが出て来た。

「お腹は？」

「空いたな」

「本見てカレー作ったんだけど、食べる？」

「材料なんかあったか？」

「自分で買った。持って来るね」

この短い会話だけでも、俺は気が楽だった。

『ワザワザ作ったんだから』『食べてくれなきゃ』『食べないと身体に悪いわ』『ちゃんと座って』『一緒に食べてもいい』という聞き慣れていて、聞きたくないセリフがない。

コーヒーを啜《すす》っているだけで、目の前に料理が出て来る。

「味見はしたけど、もし嫌だったらレトルト温めてあげるね」

自分の分も勝手に並べ、目の前に座る。

そしていただきますと手を合わせてさっさと食べ始めた。

食べないの、という視線は送ってくるが言葉には出さない。

自分がギチギチの時に、相手に気を遣うのが、とても煩わしかった。

かといって一緒にいる人間に無視されるのもムカつく。

そんな状態を、彼は察しているかのようだ。

ズルリとソファから降り、絨毯《じゅうたん》の上に座ると、俺はクロの作ったカレーに手を付けた。

味は少し辛いが、結構イケた。カレーは好きなのだ。

3LDK、というか2LDKプラスSのようなこの部屋は、一部屋が俺のベッドルーム、一部屋が仕事部屋、小さくてあまり使い道のない部屋は資料部屋というか物置になっている。

その物置に、クロの客用のベッドがあった。元は仕事を取りに張り付きに来た広告会社の人間や、飲んで帰れなくなった友人が泊まるためだ。

あとは今座っているリビングと、小さなテーブルが置いてあるダイニング。もっともダイニングはクロが来てから殆ど使っていないが。

一人で生活するには広すぎるほど広い部屋だ。

だがクロはその中で俺のベッドルームと仕事部屋には立ち入らなかった。

入るな、と言ったわけではない。

彼が自分から入ろうとしなかったのだ。

クロは主にこのリビングだけで生活していた。このソファに、居着いている。だからつい自分もここに来てしまう。

一定の場所で、一定の人間と、繰り返す日常。

この感覚に慣れてゆく。

仕事に入って外へ出なくなった今、ますます自分の中では彼の存在が大きくなっている。

「夕飯は外で食うか?」

「カレー、鍋一杯に作っちゃった」

「そんなもの、また後で食えばいいだろ」

「外へは行かない。俺、家ネコだもん。肉球汚れちゃう」

こんなふうに、彼は俺と一緒に外へ出ることをやんわりと拒むから、閉鎖された空間で俺達はどんどん身を寄せ合ってゆく。

彼しか見えなくなってしまう。

クロは、こうなることを狙《ねら》っているのだろうか。

いや、それならもっとアプローチがあるだろう。

彼は俺の生活を見ているばかりで、何らかのアクションを起こすわけではないじゃないか。

いつも、そこで俺の考えは止まる。

彼が何をしたいのかわからない。

その疑問に答えが出ないから、こちらも次の一歩が踏み出せない。

「クロ、こっちへ来い」

「何？」

テーブルを回って近づく彼の頭に手を差し込む。

柔らかい感触が心地よい。

もう何度か触れているが、この感触はいつも好きだ。

温かくて、どこか頼りなくて。

「ニャア」

猫のフリをして、作り声で鳴き手のひらに頭を擦り寄せる。

その顔は、何度見ても記憶の中にはない顔だ。

かといって（戯言《ざれごと》を信じたわけではないが）、三十年近い人生の中、恩返しされるようなことを猫にしてやった覚えもない。

これは、誰なのだろう。

「どうして、俺なんだ?」

力を抜いた頭が、俺の腹にぽそっと落ちる。

「理由を知りたい」

顔は向こうを向いてるから、表情が見えない。

思えば、いつもこいつは身を擦り寄せて来る時、俺に顔が見えないようにしていた。

ふと、その顔が見たくなって、顔を無理やりこちらに向かせてみる。

クロはちょっと抵抗したが、渋々と向きを変えた。

まっすぐに俺を見る目が少しだけ揺れる。

「何でここへ来た」

「猫って、前頭葉がないんだって」

「は？」

「昔読んだ本に書いてあった。子供のころだから本当かどうかはわかんないけど、猫の脳って人間の脳と違うんだって。だから時間経過の『未来』を考える場所がないんだって。過去は覚えてる。でも明日のことは考えられない。猫には今と昔しかないんだって」

「何だそりゃ」

「俺は猫だから、明日どうなるかなんてわからない。でも今、ここに来たいなあと思ったから来たの」

「それは答えになってねぇぞ」

「だって、それだけだもん」

腹に頭が擦りつけられる。

「ここがいいなあと思って、飛び込んだだけ。梁瀬《やなせ》さんが本当はどんな人なのか、知りたかった。近くで、ただ見てみたかった。本当に膝《ひざ》の上に乗れるとは、思ってなかった」

「…つまり、ここにいるのは成り行きだってことか？」

「梁瀬さんが選んでくれたんだよ。俺じゃない。俺は見たかったから見た、来たかったから来た。それだけだもん」

「ドアを開けてメシを食わせたのは俺の責任ってわけか」

「でしょ?」

真ん中に何かあるのがわかっていながら、その周囲をぐるぐると回るだけの会話。

いつもなら、そういう会話を楽しむ余裕もあるだろう。

だが、俺はそろそろ焦《じ》れていた。

クロが気に入っていたから。この曖昧《あいまい》な関係をハッキリさせたいと思っていたのだ。

俺の責任でこいつがここにいるなら、俺の責任で手を出してもいいじゃないか。クロが望んでこの部屋にいるのなら、手を伸ばしてもいいじゃないか、と強引に思うほどに。

だが、髪を撫《な》でていた手を、そちらの方向へ向けようとした時、俺は躊躇《ちゅうちょ》した。

同時に、もうとっくにクロを好きになっていた自分が、未《いま》だにそれを口に出せない理由に気づいた。

自分は別に奥手ではない。

気に入った相手に手を伸ばすことを厭《いと》うタイプでもない。

それなのに今まで、彼を観察し、傍らに置きながら、引き寄せたいと思わなかったのは、彼の正体がわからなかったからだ。

得体が知れないというのではない。ここで強引に出て、もしも彼が飛び出してしまったら、自分には追いかける術《すべ》がない。

だから、彼の正体を知りたかったのだ。彼が逃げてゆく先を知ってからでなければ、手が出せないと察していたのだ。

今も、伸ばしかけた手が途中で止まったのは、ヘタに手を出して逃げられたら、二度とこの重みは戻って来ないと思ったからだった。

手を出したい。

だが手が出せない。

キス一つで赤くなったクロに、それ以上のことができない。

「梁瀬さん？」

黙ったまま見下ろしている俺を不思議に思ったのか、彼は身体を起こした。

「具合悪い？」

心配そうに近づく顔。

二人の距離は二十センチあるかないか。

だがそれが遠く感じる。

言ってみようか？

それとも、少しでもそんな素振りを見せたら逃げてしまうのだろうか？

「仕事のことを考えてただけだ」

意気地《いくじ》のないことに、俺は視線を逸《そ》らして逃げた。

奪うのは簡単だが、まだ手元に置いておきたい。この温もりを逃がしたくない。

「…仕事のことはわからないから、何にも言えないな」

「俺を慰めてくれる気持ちがあるなら、少し優しくしてくれ」

「いつも優しいじゃん」

「もっと、だ。もっと優しくしてくれ」

俺はゆっくりとクロを抱き締めた。嫌ならば逃げられる程度に力を緩めて。

クロは逃げることなく腕の中に残り、胸に顔を埋めてくれた。

「俺…、梁瀬さんの仕事好きだよ」

「仕事だけか？　そいつは酷《ひど》いな」

冗談めかして言う言葉は半分本気。

「梁瀬さんも好き。でなけりゃ『拾って』なんて言わないよ」

あっさり答えられると言葉に重みがなくて辛《つら》い。

クロの頭越しに自分の腕時計を見ると、そろそろ仕事に戻らなくてはならない時間だった。

これからサムネールを纏《まと》めなければ、アップが次の仕事に食い込んでしまう。

だがこの腕を離したくなかった。今更ながら、明日もこの温かさを感じられる確証はないのだと気づいてしまったから。

「俺のことが好きで、優しくしてくれるつもりがあるんなら、俺のベッドで寝てろ。俺は仕事に戻るから」

「梁瀬さんの…？　なんで？」

「意味がわかんねぇなら、自分のベッドで寝ろ」

今の自分にできる精一杯の『誘い』だった。

自分でもガキじゃあるまいし、と思うのだが、これだけ緩い誘惑なら逃げられないだろうと思ったのだ。もっとも、気づいてもらえない可能性も大だが。

「ほら、退《ど》け」

手を広げ、身体を揺すってクロを離す。

まだ意味を咀嚼《そしゃく》している彼は口を『へ』の字に曲げて俺を見た。

「俺がベッドルーム入っていいの？」

「自分で考えろ。…いいか、よーく考えるんだぞ」

彼をその場へ置いて、食べ終わったカレーの皿もそこへ置きっ放しにして、俺は仕事部屋へ逃げ込んだ。

一区切り着くまで、仕事で頭を一杯にしておこう。

そうすれば疲れて戻る自分のベッドが冷たくても、ぐっすり眠れるだろうから。

クロはこういうことには子供なのだ。

だから期待はするな。

今は閉ざされた場所に二人きりだから、自分も盛り上がっているだけだ。だから、彼が自分の言葉の意味に気づかない方がいいのだ。

いろんな言い訳をしながら、俺はパソコンの前に座った。

らしくない、そう思いながら。


試案を幾つか纏め、デザインの下図を作り、灰皿を山盛りにしてパソコンデスクに灰を散らしまくった後、俺は首を揉《も》みながら立ち上がった。

パソコンの電源を落とし、リビングへ続くドアを開ける。

そこにクロはいなかった。

「五時か…」

夕方の、ではない。明け方の五時だ。

彼がここにいないのは当然だろう。

ただ問題はあいつがどこで寝ているか、だ。

このまま、隣にあるベッドルームのドアを開ければ、答えはわかる。

だが俺は二度、三度、リビングをウロついた。

もしクロがいなかったら、それはそれでいい。このまま夕方まで爆睡すればそれで終わりだ。

問題は、あいつが今この家のどこにもいないことと、ベッドにいてもさっきの言葉が意味する本当のことに気づいていない場合だ。

クロがこの部屋からいなくなる、ということは耐えられなかった。

たかが突然転がり込んで来ただけの青年だというのに、俺はすっかり彼が『必要』になっている。

だからまず、玄関まで行き、彼の靴があるかどうかを確かめる。

そこには自分の汚い靴の間に、彼の白いスニーカーが置かれていた。

これで最悪の事態は避けられたわけだ。

次に音を立てぬようそうっと玄関横の、彼に与えた小部屋のドアを開ける。

ひんやりとした空気の中に人の気配はなかった。

思い切って電気のスイッチを入れると、そこには乱雑に積まれた資料の中、きちんと整えられた空っぽのベッドがあった。

…ということは、あいつの居る場所は一カ所しかない。

俺はキッチンへ行き、冷蔵庫からビールを出すと立ったまま一杯引っかけた。

何人もの人間と恋愛をした、それ以上の数の人間とベッドを共にした。

決して清廉潔白ではない過去を持ってる男だというのに、何故《なぜ》こんなに焦っているのか。

ビールを三分の一ほど飲んだところで、もう飲む気がなくなり、残りをシンクへ流す。

空になった缶を握り潰《つぶ》して、ゴミ箱へ捨てる。

いっそ、このままクロのベッドで寝てしまおうか？

「…俺も思ったより臆病《おくびょう》だな」

今更ジタバタしてもしょうがない。

自分が仕掛けた勝負じゃないか。

俺は自分のベッドルームのドアを開けた。

カーテンを閉めた暗い部屋。

リビングから差し込まれる光に浮かぶベッドの上の膨らみ。

「クロ…？」

ベッドは自分にとって休息の場だから、キングサイズとまでは言わないが、結構デカイベッドを入れていた。

それは悪い遊びのためでもあるが、純粋に休むためでもあった。

その大きなベッドの窓際に、クロは寝ていた。

彼がその意味を理解したのかどうかはわからないが、彼は逃げたり無視したりしなかった。

自分の引き気味の誘いに、精一杯の答えをくれた。

そう思うと、くすぐったいほどの喜びがあった。

「クロ」

もう一度名前を呼ぶ。

返って来るのは規則正しい寝息だけ。

こんな時間なのだから、当然と言えば当然だろう。

だがその寝息に、俺は少しだけほっとした。

今すぐに結果を出さなくて済んだということが、心の重荷を軽くした。彼がここにいることを喜びはしたが、まだ心の準備ができていなかったのだ。

布団を開けると寒いのか、細い身体がきゅっと丸くなって縮まる。

「詰めろ」

だがそう言って背中を押しても、クロが起きる気配はない。小さく身じろいで、呻《うめ》いただけだった。

服を脱ぎ捨て、その隣に潜り込む。彼の体温で暖められたシーツが心地よい。

抱え込むように腕を回してその温もりを引き寄せると、思わず笑みが零《こぼ》れた。

「ん…」

温かい。

本当の猫のように高い体温。

じんわりと伝わるその熱が、自分の中の熱を呼ぶ。

やはり、明日になったら言ってみようか。

彼が自分の腕から、ベッドから、逃げてしまう前に勇気を出して。

いつものように軽い気持ちになれないから口に出すのを戸惑っていた。

純情っぽい彼に逃げられたら、追いかけられないことを恐れていた。

今もその状況は変わらないが、腕の中に彼の温かさを実感すると、なくしてしまう先を恐れるより、今これを確かなものにしたいという欲が出た。

いつまでもまごまごしていると、今ここにあるものさえ失うのではないかと恐れた。同じ後悔をするのだとしたら、何も言わずに後悔するよりも、言いたいことを言ってから後悔したい。

「頼むから逃げるなよ」

耳元に小さく囁いて、目を閉じる。

謎《なぞ》はまだ多いけれど、少なくともこの腕に力を込めたいと思う気持ちは本当だから覚悟を決めた。

自分達の先に、さほど悪い未来が待っているとは思えなくて。

始まりかけた恋愛に胸を躍らせて…。


腕の中で蠢《うごめ》く気配があって、俺は目を開けた。

「あ…、ごめんなさい。まだ寝てていいよ」

眠気はまだ意識を支配していたが、俺は腕に力を込めて、抜け出そうとする身体を引き戻す。

「梁瀬さん？」

俺が寝たのが朝だから、どう考えたって今は昼近いか、悪くすれば昼過ぎってことだろう。

「お前が嫌じゃなければ、まだここにいろ」

平静を装いながら開く口。

だが心の中はガキみたいに緊張している。

「いてもいいけど、邪魔じゃない？」

豹変《ひょうへん》してくれるなよ、逃げ出したりしてくれるなよ、と願いながらクロの身体の下からも腕を差し入れ、しっかりと抱き締める。

「抱き心地がいい」

「ありがと」

彼は逃げずにくるりとこちらを向いた。

過去最高の至近距離だな。

「簡単に言うなよ」

こっちはこんなに緊張してるってのに、あっさりしたもんだ。

「どうして?」

「…俺のこと、どう思う?」

「どうって…」

「思った通りに言ってみろよ」

「ハンサムだと思うよ」

「それから?」

「カッコイイ。大人の男って感じ」

「それから?」

「でもちょっとズボラ。部屋が奇麗なのは物を片付けるのが上手いんじゃなくて、物を動かさないからってだけ。ヘビースモーカーで、仕事に詰まるとすぐにビールを飲む。仕事のことを考えてる時は目の端が上がって、ちょっと怖いけど、他のことを考えてる時は顎《あご》が上がる」

「そうか？」

よく見てるもんだ。

「うん。気が付いてない？」

「ああ」

すぐ隣にある顔が悪戯《いたずら》っぽく笑う。

「俺が好きか？」

大人の悪いところだ。まず自分の保身を図ってから、行動を起こそうとする。

「好きだよ」

臆病なのはいつも、子供じゃなく大人だ。

「じゃ、俺もお前が好きって言っても逃げないな？」

「逃げないけど…」

「クロが好きで、ずっとこうしてたいって言っても逃げないか？」

彼の顔にすっと朱が差した。けれど腕から逃れようとする動きはない。

俺は気をよくして言葉を続けた。

「クロにキスしていいか？」

「…俺に？」

「ダメか？」

彼は一瞬、表情を無くし、大きく見開かれた目が遠くを見るように俺を見た。

「クロ？」

どうしたのだろう。

何か悪いことを言っただろうか。

いや、悪いことは言ってるというか、しようとしているんだが。

「梁瀬さんが俺にキスしてくれるの？　俺のことが好きなの？」

「ん？　ああ。いや、嫌なら別にしなくても…」

「いいよ、しても」

まだどこか遠くを見ているような目で、彼は答えた。

「俺、梁瀬さんのこと好きだから、嫌じゃない」

これをどう取るべきか、俺は一瞬悩んだ。

笑顔の消えた顔は、何かを諦《あきら》めているようにも見えたから。

「無理強いしているわけじゃないぞ。ここで拒んでも、別にお前をここから追い出したりはしないんだからな」

　そう言うと、やっとクロは笑顔を作った。

「そんなこと、考えてないよ。だって、最初に来た日に、梁瀬さんそういう取引は嫌いだって顔したじゃない」

「そりゃそうだが」

　クロの手がするっと俺の腰に回る。

　身を擦り寄せて来るから、顔の表情が見えなくなる。

　どうしてだか、クロはいつも最後の最後で顔が見えないようにする。それは考え過ぎなんだろうか？

「俺もずっと好きだった。でも、梁瀬さんに自分が好きって言ってもらえるなんて考えたこともなかった。ただ側に居られるだけでよかったんだ。見てるだけでもよかった。なのに、『好き』って言ってもらえるなんて、嘘《うそ》みたい」

「…そいつは俺のセリフだ。お前が声をかけて来た時は、自分がこんなふうに思うなんて思ってなかったし、好きと言ったら逃げられるかと思ってた」

「どうして？　俺の方から押しかけたのに」

「だが憧れと生身は違うだろ？」

「憧れ?」

「違うのか?」

「俺は…。そうだね、グラフィックデザイナーの梁瀬さんをカッコイイと思ってたから。でも今は梁瀬さんもそこらの男と変わらないって知ってるよ」

「酷い言い草だな」

「でも、だから好き」

「俺の言ってる意味がわかってんのか?」

胸元でクスクスと笑い声がする。

「俺、もう二十二だよ。ベッドで抱き合って『好き』って言うのが、明日から手を繋《つな》いで幼稚園に通いましょうって意味じゃないくらいわかるよ。男が男を好きになることだってあるんだってことくらい理解できるし」

「うむ…」

「怖い? 俺に手を出すの」

「正直言えば少し怖いな。今でもすぐに手を出したいが、それで逃げられると困る。何せ猫は気まぐれだから、安心してるとすぐに機嫌を損ねる」

身体に回していた手を、彼の顎の下に差し込んでツイッと上を向かせる。

もう彼の目は遠くを見ていなかった。

「じゃあ、俺から手を出したげる」

俺を見て、俺に近づいて、軽く唇を重ねる。

前にこちらからキスした時には真っ赤になった顔が、色気を漂わせてもう一度キス。

「嬉《うれ》し過ぎて、夢みたいだから。これが夢じゃないって俺に教えてよ」

夢みたいと思うのはこっちの方だ。

勇気を出して『好きだ』と言ってみようとは思った。

俺のベッドに寝ていたんだから、嫌な顔はしないだろうと思った。

上手くすれば、『これからゆっくり考えます』とか『キスくらいなら』と言ってもらえるかも、と期待もした。

だが、現実は予想を上回り、クロはしなやかな身体を預けて来る。

ありえないことだが、思わずカメラか何かでも仕掛けてあるんじゃないかと周囲を見回したい気分だった。

だがそんなことよりも、今は腕の中の身体だ。

組み敷いて、上から小さな顔をのぞき込む。

「男、慣れてんのか?」

不躾《ぶしつけ》だが、先に聞いておかなければならない質問に、クロは俺の鼻を摘《つ》まんだ。

「そんなことあるわけないでしょ」

「女は？」

「まあたしなみ程度にはね。梁瀬さんはどうせ男も女も慣れてるんでしょ」

「経験に見合っただけの優しさは示そう」

カーテンの外は昼間の光が溢《あふ》れていた。

『好きだ』と言って、まだ十分も経っていない。

それなのにコトに及ぼうとする自分が即物的なケダモノだという自覚はあったが、どうしてもクロが相手だと思うと、妙な切迫感があって、チャンスを逃せなかった。

軽くキスをして、唇の間に舌を差し込む。

キス程度の経験はあるのだろう、それはすぐに迎え入れられ、軽く絡み合う。

こうなると、我慢をする必要はなかった。

前ボタンの彼のパジャマの裾《すそ》から手を差し込み、温かい肌に触れる。

共に布団の中にあったから、冷たさは感じないのだろうが、くすぐったいのか、身体が揺れる。

それを無視してパジャマをたくし上げると、奇麗な白い肌が見えた。

自分はいつも通り下しか穿《は》いていないから、身体を落として腹を擦りつけるとそれだけで直接身体が触れ合う。

それからゆっくりと口でボタンを外した。

「マグロみたいにしてていいぜ」

「…それじゃ梁瀬さんがつまらなくない？」

「つまらないどころか、反応が楽しみだ。ヘタに俺に触ると、乱暴にするかも知れないぞ」

前を開くと、なだらかな胸に二つのピンク。

使ってないな、なんて品のないことを言いそうになった口でそれを含む。

「ん…」

恥ずかしがって、途中で止《や》めようなんて言われては、既にスタンバッてる男の性が可哀想《かわいそう》だから、頭っから被《かぶ》るように布団を引き上げて自分を隠した。

暗闇《くらやみ》の中、舌だけで感じる肌というのもそそるじゃないか。

右手で身体を支え、左手を彼の股間《こかん》に伸ばす。

言葉よりも正直なその部分は、この行為を嫌がっていないことを手のひらに伝えた。

それをやんわりとパジャマの上から包み込み形を捉《とら》えるように揉みしだく。

解きほぐすような優しさを以て握ってやるのだが、それはもちろんだんだんと硬くなった。

「男同士って…、やっぱりそこを触るんだね」

布団を通して、彼の声が遠く聞こえる。

「そりゃ、やっぱりココが一番感じるだろう」

「……うん」

返事までにちょっと間があったのは、恥じらいのせいだろう。

自分の感覚的にはインサートしてもいいのだが、今日のところはまずクロを気持ちよくさせることだけに専念した。

いれるには準備がなかったし、それでセックスに恐怖感を抱かれると二度目がなくなってしまう。

舌先で十分に彼の乳首を硬くしてやり、下も相応に硬くする。

それから胸を解放して、パジャマの下に手をかけると、今度は中から勃《た》ち上がったソレを口に含んだ。

寝起きで硬くなっていた上に、俺の刺激に反応したものは、すべすべと滑らかな肌触りながら硬く張っている。

寝る前に風呂に入っていたのだろう、そこからはわずかにセッケンの匂いがした。

それがまた妙に純情な気がして、俺をにやけさせる。

両手でしっかりとソレを押さえ、根元から先端まで、じっくりと舐《ねぶ》り上げる。

「ん…」

クロの身体が微妙にのたうち、快感に焦れる素振りを見せる。

「ねぇ…、梁瀬さんは…？」

と聞かれても、俺は口の中のモノを追い詰めるのに夢中で、返事をしてやらなかった。

「俺だけじゃ…、悪いよ…」

ゴソゴソと布団の中にクロの手が入って来るが、彼の下半身に顔を埋める俺には手が届かない。

指はわずかに俺の髪を摑《つか》んだが、それをどうしていいかわからないというように、そっと撫でただけだった。

まるで、俺の方が悪い猫になった気分だ。

そう言えば、以前女友達が言ったことを俺は思い出した。

彼女は猫が飼いたいと言っていたが、住んでる場所がペット不可だったのでずっと飼えなかったのだ。

それがある日、携帯の待ち受け画面に猫の写真をアップし、嬉しそうに見せて来た。

『飼えない、飼えないと思ってたんだけど、目の前でこの猫が事故にあうの見ちゃったら、つい病院に連れてっちゃって。飼い主がいないと診療できないって言うから、私が飼いますって言っちゃったのよ』

もちろん、家主には内緒で、だ。

『何ていうか、もう飼うしかないっていう状況になっちゃう時ってあるのよね。この猫はきっと私に飼われる運命の猫だったのよ、きっと』

彼女のその時のどこか誇らしげな顔が浮かぶ。

ああ、そうだ。

そういうこともあるのかも知れない。

別にこうしたいと思っていたわけじゃない。

こうなるだろうと思っていたわけでもない。

ただもう、こうなる運命だったのだ。

人間ではあるけれど、クロが俺の運命の猫だったのだ。

こいつを他のヤツに譲る気も、ここから追い出す気も、もうない。今では、こうならない方がおかしいじゃないかという気さえしている。

自分好みの顔、自分好みの性格、そして俺の好みを熟知しているかのようなクロの態度。

たとえそれが彼の下調べの結果であったとしても、それならそれでこいつは俺の望みを叶えようとしてくれているというういじらしさを感じる。

こいつは俺のための猫なのだ。

「梁瀬…さ…」

二人の体温ですっかり熱くなった布団の中が息苦しくて、俺は彼のモノから口を離すと身体を起こした。

眩《まぶ》しい光にクロの肌が白い。

もう少し、マトモな名前を考えてやればよかった。

何かもっと、人間らしい名前を。

「気持ちいいか？」

意地悪く聞くと、彼は顔を赤くして横を向いた。

「…悪かったら蹴《け》ってるよ」

「それもそうだ」

抵抗はなかった。

慣れてる様子でもないが、少なくとも『俺が』こういうことをすることに嫌悪感はないのだろう。

「その口でキスしないでよ」

と言われ、顔に近づけた唇を鎖骨に落とす。

「お前も、俺のを頼む」

浮かぶ骨に合わせてキスを降らせる。

「同じようにしてくれりゃいい」

と言いながら手の中に彼を包む。

躊躇しながら伸ばされたクロの手は、俺の腹を滑り、パジャマのズボンの中へ差し込まれた。

たどたどしい動きが、刺激となって俺のを元気にする。

彼の横に身体を並べ、互いに互いの性器を揉み合いながら熱を集める。

「ん…」

クロが鼻に皺《しわ》を寄せ、ふるっ、と肩を震わせた。

「あ…出る…」

俺のを扱《しご》いていた手が止まる。

「汚しちゃう…」

子供のような言い方が、また俺の『男』を悦《よろこ》ばせる。

「後で洗濯するからいいさ。自分のモノは恥ずかしくて見たくないだろ?」

優しさのつもりで言った言葉だったのだが、それは彼には届いていなかった。

俺のモノを強く握り込み、目を閉じたかと思うと、彼は何度か腰をヒクつかせ、あっけなく果ててしまったから。

「あ…っ」

じわり、と広がったものが勢いよく手を濡《ぬ》らす。

「ごめ…」

これ以上ないほど赤く染まった頰《ほお》と、泣き濡れた瞳が愛《いと》しかった。

「俺はまだだ、もうちょっと我慢してやってくれ」

クロが困ったような顔で頷《うなず》き、再び指を動かす。

技巧も何もない、単調な動き。

だがそんなものでも、俺は自分で思っていたよりも早く絶頂を迎え、彼の奇麗な指を汚した。

それはまるで、中学生のガキ同士のするような、幼稚な愛撫《あいぶ》だった。

けれど、二人の第一歩としては上出来なほど、大人な行為でもあった。

「つまり、デキちゃったってことか」

柴崎の仕事が上がり、その下図を持って彼のマンションを訪ねた俺は、満面の笑みを浮かべて自分の新しい恋人について語った。

「そう。上手く行き過ぎて怖いくらいだな」

友人は少し伸びた顎髭《あごひげ》を摩《さす》りながら、『呆《あき》れた』という顔をしたが、俺は笑みを消しはしない。

「慣れてないのがいいんだ。一生懸命俺に応えようとするのがまたいい」

「言ってろ」

「ああ、いくらでも言うぞ。今まで付き合った中で、最高の相手だよ。骨抜きにされたって、認めてもいい」

「そいつがクロちゃんの最初っからの狙いだったのかも知れないぜ」

そんなやにさがった俺に、少しでも意趣返しをしようと彼がからかっても、気にもならない。

「かも知れないな」

「だとしたら、お前はまんまと罠《わな》にかかったわけだ」

「こんな甘い罠なら幾つかかってもいいよ」

「ケッ」

彼は笑いながらではあるが、悪態をついた。

このマンションも、こいつが引っ越して来た当時は新築の美しい部屋だった。

俺のとこはそれぞれがさして広くはないが部屋数が多いのだが、こいつのとこは部屋数は少ないが一部屋がデカイ。

このたった一つの生活空間である二十畳の元リビングも、もしあちこちに積んである本やビデオがなければかなり広いと感じただろう。

『元』と付けるのは、今や物置と化したこの部屋をリビングと思う者は（家主であろうとも）いないからだ。

唯一、人がくつろげる空間であるこの丸テーブルの周囲も、格好を気にする人間なら座ろうともしないだろう。

二人の間にある直径二十センチの灰皿は既に山盛り。

座る絨毯の上には焼け焦げもあった。

当然、こんな部屋で彼が生活をしているわけではない。

プライベート用にはもっと小奇麗なワンルームマンションが用意されている。

だが今回は仕事なのだから、この汚い部屋でも我慢しなければならないだろう。ついでに言うなら、自分のノロケを聞かせるために来ているのでもあるわけだし。

「一度山を越えたらあとは下り坂ばかりって感じだな。今や猫を飼ってるっていうより恋人と同居って方が正しいだろう」

俺は空になった箱を握り潰し、新しいタバコの箱を取り出す。

目の前では柴崎が煙を吹いた。

「だが根本の問題は解決されてないんだろ？　あの子がどこの馬の骨だかわかんないまんまじゃないか」

「馬の骨とか言うな。育ちはいいんだってお前も言っただろ」

「あー、ヤダヤダ恋に狂っちゃって。じゃ、言い直してやるよ、彼の正体って」

柴崎はダテ眼鏡《めがね》を指でひょいっと上げながら言い直した。

そのことについては自分も考えていた。

クロは、相変わらず自分のことを何も教えてはくれなかった。

最初の触りっこから、キスに慣れ、何度かベッドを共にするようになっても。

俺の腕の中で寝息を立てるようになっても。

クロは時々一人でどこかへ出掛けて行ったし、それがどこなのか教えてくれなかったし、必要以上に自分の荷物を持ち込むこともしなかった。

一緒に外へ出ることもまだ拒んでいる。

自分は家ネコだから、外は嫌いとか言いながら。

それだけは、確かに拭《ぬぐ》いきれない不安だった。

けれどそれが何だと言うのだ。

「いつか喋《しゃべ》ってくれるさ」

と余裕をもって言える。

彼が自分を好きでいてくれることに確信があるから。

「いつかねぇ…。昔っから言うぜ、『いつか』なんて日は来ないって」

「俺が幸せだとそんなに羨《うらや》ましいか?」

「羨ましいね。俺だって、ある日突然『私を拾って』って自分好みの美女がやって来て、ものはねだらない、仕事の邪魔はしない、Hもさせてくれるなんて生活が始まれば有頂天になるだろう。だがな、梁瀬」

彼は真面目《まじめ》な顔でこちらを見た。

「俺がそんな女をお前に紹介したら、きっとお前だって言うだろうさ。『そんな美味《うま》い話はないぞ、気を付けろ』ってな」

それはそうだろう。

世の中はそんなに甘いものではない。

だが、何と言われても、俺はもうクロを疑う気にはなれなかった。

「俺は梁瀬を大切な友人だと思ってる。だから言うんだ。『気を付けろ』」

「何に？」

「そいつは俺にもわからん。お前は別に純情でも、世間知らずでもない。相手は詐欺師でも手だれでもない。それでもやっぱり、何かがあるとしか思えない」

「俺は確かにグラフィックデザイナーとしては有名人だと思う。二十歳そこそこで大手ホテルグループのキャンペーンを一手に引き受け、そいつが成功した。そのお陰で本やらＣＤやらのデザインも手掛けた。中にはそれを羨《うらや》むヤツもいるだろうし、ちょっとばかり足を引っかけてやろうって輩《やから》もいるだろう。だがもしクロがそういう類の人間なら、あいつには何度もチャンスはあったはずだ」

「デザインを盗まれたり、データを消されたり、男を住まわせてセックスしてることをスキャンダラスにメディアに告白されたり」

「ああ、全部出来ただろうな。だが俺は未だに平穏無事だ。生活にも経歴にも、傷一つ付いてない」

柴崎はふわり、と煙で輪を作りながらヤニで黄色く染まりつつある天井を見上げた。

「不思議だ」

俺も、その輪の中を射貫《いぬ》くように勢いよく煙を吐く。

「梁瀬はもうクロちゃんのことは調べないのか？」

「ああ、本人が話してくれるまで待つつもりだ」

「俺が調べることは?」

「そいつはお前の自由ってことにしといてやるよ。知りたい気持ちはあるから」

「もう少ししたら、今やってる原稿が終わる。そうしたら、俺は本腰入れて調べてみるよ。もちろん、お前さんのワルイ生活は外に漏れないように注意しながらな。梁瀬には悪いが、御伽《おとぎ》噺《ばなし》を信じるには俺はスレ過ぎてる。どうしても、裏があるとしか思えない」

「勝手にするさ」

その考えを完全には否定できないから、俺はそう言った。

「ただし、わかったらちゃんと報告しろよ」

「約束しよう」

それで、その話は終わりだった。

灰皿を横へ退け、レイアウトの下図をテーブルの上に広げる。

「それじゃ、早いとこ仕事を終わらせよう。時間を作って、クロとの甘い時間を楽しみたいんでね」

「人生ってのはな、いいことと悪いことが半分ずつになるようになってんだ。絶対いつかそのニヤケ面のツケが来るぞ」

それはまるで呪《のろ》いの言葉のようで、俺は苦笑した。

もしそんなことになるとしても、その悪いことがこの恋に関与しないでくれればいいな、と思いながら。


俺の願いが叶ったと言うべきか、それとも柴崎の呪いが成就したと言うべきか。

それから三日ほど経った都内のレストランで、俺は着慣れぬスーツに身を包み、にっこりと笑いながら心の中で舌を出していた。

ずっと逃げ続けていた山下《やました》に、遂に捕まってしまったのだ。

山下の父親には、学生時代何度か世話になったことがあった。彼の父親は古書マニアというか、古い蔵書を持っていて、デザインの材料として、参考として、何度もそれを拝借に伺ったのだ。

しかし息子の方はそういうものに全く興味がないのか、父親である山下氏が病気でなくなると、全てをあっという間に叩《たた》き売ってしまった。

俺や、友人達に譲るという約束のあったものまで全て。

しかもその後、俺がデザイナーとして名を馳《は》せると、すぐに父親の恩恵を持ち出して近づき、

『知り合いだって言っちゃったんだ』と言いながら、彼の友人と称する人間の仕事を押しつけて来た。

おそらく、山下は中間マージンを取って彼等に俺を斡旋《あっせん》したのだろう。友人どころか、知り合いですらあったかどうか。

三度彼からの仕事を受けた後、これで恩は返した、二度とあんたからの仕事は受けないと俺はハッキリ山下に言っておいた。

だが彼は執拗《しつよう》にウチに電話を入れ続け、さまざまな手を使って俺に繋《つな》ぎを取ろうと努力した。

そして今日、その一つが成功してしまったというわけだ。

「梁瀬さんの作品はいつも拝見させていただいてたんですよ」

昨日、風呂上がりでいい気分で取った電話。

「それはどうも」

声を聞いた途端に舌打ちしたい気分だった。

相手があれだけ避けていた山下だったからだ。

「CDのジャケットの方はそれぞれのアーティストの特色というのもあるでしょうが、『エトラン』のポスターなどは素敵でした」

だが、山下はその電話で『今度アメリカへ行くんで、挨拶《あいさつ》を』と言ったのだ。母親は日本に残るので、母と会ってやって欲しい、と。

山下は嫌いだが、奥様にはお世話になっている。それならば、と思ってわざわざスーツを着てまでやって来たらこの有り様だ。

「『エトラン』はセレクトショップですからね。アメリカンテイストさえ出してくれれば好きにやっていいという許可が降りたんですよ」

「アメリカンテイスト、いいですね。ウチもそういうのが望みなんです」

目の前に座る二人の男。

おっとりとしていた父親よりも、どこか脆弱《ぜいじゃく》な感じのする痩《や》せぎすの身体に似合わないスーツを纏った神経質そうな男が山下だ。

そしてその隣でさっきから俺に向かって美辞麗句を並べ立てている恰幅《かっぷく》のよい中年の紳士は佐々木《ささき》と名乗った。

「それもオールドアメリカンと言うんですか？　'60s《シックスティーズ》と言うんですか？　ノスタルジックでありながらポップ」

「…はあ」

「ですが軽いのはいけません。そこで梁瀬さんのあの落ち着いた雰囲気が欲しいんですよ」

山下の紹介では、彼はレストランの経営者ということだった。

ここではない。

山下曰《いわ》く、『若者の街でとても流行っている素敵な店』をお持ちだそうだ。

そんな人物をどうして山下がグラフィックデザイナーの俺に紹介しようとやっきになっていたかというと…。

「是非、ウチの新しい店舗を梁瀬さんにプロデュースしていただきたいんです」

ということらしい。

「申し訳ございませんが、私は今まで店舗プロデュースは…」

「ああ、もちろんわかってます。やったことがないんでしょう。ですからウチが初めて、ということになりますな」

類は友を呼ぶ。昔の人はよく言ったものだ。山下に過去紹介された人間は、今までの連中も含めて、みんなこっちの話を聞きやがらねぇ。

「残念ですが、評価していただくのはありがたいが、今のところ仕事が手一杯で、新しい仕事を入れる気はないんですよ」

「いや、売れっ子でいらっしゃる」

佐々木はにこにこと笑いながら大仰に頷いた。

わかってんのか、あんたのとこの仕事は受けられないって言ってるんだぞ。

いい加減イライラして、気分が悪くなりそうだ。

初対面の人間だと思うからおとなしくしてるが、この鈍感さはそろそろ怒ってもいいくらいだ。

その予兆として、まず山下を睨《にら》みつける。

食後のコーヒーを美味そうに啜っていた山下はそれに気づいて、ハッとした顔になった。

「まあまあ、そう忙しい、忙しいを連発しなくても。梁瀬さんが売れっ子なのはもう周知の事実ですよ。今は何の仕事をしてるんです？」

「…仕事上の秘密で言えませんね」

「いやあ、守秘義務ってヤツですね」

そんなことはねえよ。

お前に言いたくないいだけだ。

「ひょっとして、今日もこの後予定があったんじゃないですか？」

突然、山下は俺に退場のチャンスを促した。

水を向けるのは、自分でも反省したからか？　それとも、俺を紹介さえしとけば用は済んだってことか。

「…ええ、ちょっと」

「ああ、そうですか。だからイラついてらっしゃるんですね。やはり芸術家は一つのことが気にかかると他のことが考えられなくなっちゃうんですね」

そういうセリフが失礼だと思っていないのか、山下はベラベラとまくしたてた。

「一つの仕事が終わらないと別のことが考えられないんでしょ。いろんなイメージがごっちゃになっちゃうんでしょうね」

違うな。

この男は俺に話しかけるフリをして、佐々木に説明をしてるから、俺がどう思うかなんて関係ないのだ。

「しかし、イメージをちゃんとお伝えしないと。大切なことですから」

「いや、梁瀬さんはプロですから、さっきのでわかりますよ。ねえ?」

この話の流れじゃ、顔合わせというより打ち合わせじゃねぇか。

「後はちゃんと俺が話をしますから、大丈夫ですよ。じゃ、引き留めちゃ悪いですから梁瀬さん、出口まで送りましょう」

二人に何も言わせず、山下はナフキンを置くと立ち上がった。

山下になんぞ見送られたくないが、言ってやりたいこともある。

俺は営業スマイルを浮かべながら佐々木氏に会釈すると、同じように席を立った。

レンガ敷きの床を、山下と肩を並べて出口へ向かう。

「どういうことだ」

他に聞こえないように、俺は彼を問いただした。

「紹介してくれって頼まれたんですよ」

「母親に挨拶してくれって言うから来たんだぞ。奥様は？」

「風邪《かぜ》ひいちゃって。あの人、母も世話になってる人なんです、それで母親からアメリカ行く前にどうか紹介してやってくれって拝まれちゃったもんで」

そのセリフさえ、本当かどうか怪しいものだ。

「じゃあもう義理は果たしたな。二度と連絡はして来るなよ。俺はあんたと馴《な》れ合う気はこれっぽっちもないんだ」

山下は筋張った顔を皮肉っぽく歪《ゆが》めた。

「わかってますよ。俺だってこれで日本からいなくなるんだ。連絡したくたってできませんよ。でもまあ悪い話じゃなかったでしょう？」

お前が仲立ちしていなければな。

「あ、これ。佐々木さんの名刺です。よかったら俺抜きで話、続けてください」

彼は自分のポケットから剝《む》き出しの名刺を一枚取り出すと、俺に差し出した。

「受け取るくらいはいいでしょう。梁瀬さんは俺がいなくなった方がやりやすいんでしょうから、これ受け取った方がいいんじゃないですか?」

これで終わるならと仕方なくそれを受け取る。

「ついでに佐々木さんに渡すんで、梁瀬さんの名刺もください」

そして自分のものを取り出して、その手に渡してやった。

いい気分ではなかったが、名刺だけならそんなに悪用されることもないだろう。第一、この男の実家はわかっているのだ。

「もう会うこともないだろう。奥様にはよろしく言っといてくれ」

「ええ、時々は母にも会ってやってください」

見たくもない山下の笑顔に送られて、俺はさっさとレストランを後にした。

静かな町並みはまだ日が高く、一杯引っかけたい気分だがそんな店も開いてなさそうだ。

礼儀としてキッチリ締めていたネクタイを緩め、タクシーを拾うために通りへ向かって歩き出す。

したくもなかった窮屈な格好。これを着た時に、クロが盛んにカッコイイと褒めてくれたのが、唯一の見返りというところか。

「帰るか」

出て来たばかりの重厚なレストランのドアを振り返りもせず、俺は足早にその場から離れた。そのクロにもう一度この嫌な気分を払拭《ふっしょく》してもらうために。

そうすれば、嫌なこともすぐに忘れるだろうと…。


「この人、ちゃんとした会社の人なんだね」

山下《やました》と同席のレストランでは食った気がしなかったからと、俺は家へ戻るとすぐにクロに茶漬けを作らせた。

以前、友人に子供舌とか貧乏舌とか言われたことがあるが、ゴテゴテとした油っこい料理よりこの方がずっとマシだ。

本当はスーツもすぐに脱ぎたかったのだが、クロのリクエストで未だスーツのまま。

食べて来ると思ったから先に食べちゃったと言うクロは、俺の愚痴を聞くと、早速ポケットの中から佐々木《ささき》の名刺を取り出し、俺の食事が終わるまでの遊びだと称してパソコンを立ち上げた。

仕事用のではない。

俺が遊びに使っているノートだ。

「ちゃんとした会社って何だ」

漬物を口に運びながら聞くと、彼はくるりとパソコンの向きを変えて画面をこちらへ向けた。

「名刺に書いてあるアドレスにアクセスしてみたの。ほら、SFグループだって」

そこには会社概要と記された画面が映し出されている。

「SF?」

「『ササキフーズ』の略でしょ。これだと、何店か経営してるみたいだね」

俺が画面に興味がないと知ると、クロはまたパソコンを自分の方へ向けなおした。

キーボードを叩《たた》き、そのSFフーズの会社ホームページを閲覧しているようだ。

「資本金は三千万、役員数五人、従業員数百五十四名」

「そんなの聞いたってわかんねえよ。証券取引やってんじゃねえんだから」

「そうだね。でも、インチキ会社じゃないみたい」

「そんなの調べて楽しいか?」

「梁瀬《やなせ》さんが変な仕事に巻き込まれたわけじゃないってわかって嬉《うれ》しい。俺、ここに居る限り平穏無事で暮らしてたいもん」

本当にそれを調べるためだけに立ち上げたのだろう。

彼は一通り見てしまうとさっさとシステムを終了し、パソコンを閉じた。

「梁瀬さんが、仕事のことに他人から口を挟まれるのキライって知ってるから、これ以上は何にもしないよ。それより、お茶漬け食べたらまたスーツ姿見せてね」

「もう食い終わったよ」

「早いなぁ」

「この格好が好きか？」

「珍しいから、ちゃんと見たい」

我ながらバカだと思うが、おだてているわけではなく、クロが本当にそう願っていると思うから立ち上がってやる。

「珍しい、か。ふだんはしないが、コンペのプレゼンや契約の時には着ることもあるぞ」

とはいえ、最近は確かに安定してお馴染《なじ》みさんから仕事が入って来るから、スーツにネクタイなんて格好は少ないが。

「カッコイイよね」

絨毯《じゅうたん》の上に座ったまま、クロはじっと俺を見上げた。まるでそこにある写真を見つめているような目で。

こういう時、俺は不安を感じる。

よくは言えないが、まるで俺が現実にいないような目で見るからだ。

そこにいるのではなく、遠くにあるものを懐かしんでいるような目だ。

「来い」

手を差し伸べて呼ぶと、クロはすぐに立ち上がり抱き着いては来る。

俺がここにいて、生身の人間としてクロを求めているのだと、わかっているだろう。けれどどうしてだか、…そう、まるでこの姿を目に焼き付けて帰ろうとするような目をするのだ。

俺はここにいるのに。

「このまますするか?」

「するって?」

「こういうこと」

キスをするとキスが返る。

抱き締めれば腕は回って来る。

だがあの目で見られた後はいつも胸の底がざわつく。

これで最後だから、よく見ておかなくちゃと思われているようで。

「ベッド行かないの?」

「ここでもできる」

「リビングで?　汚れるよ」

「ティッシュ持ってくりゃいいだろ。何なら、お前用にここに新しいソファでも買ってやろうか？」

「それはいい。俺、梁瀬さんには何にも買って欲しくないんだ」

言いながら彼はテレビの上にあったティッシュの箱をテーブルの上へ降ろした。

「どうして？」

「梁瀬さんからは、好意以上のものはいらないの。飼われるってだけでいいの。何か一つでも欲しがると、他のものもどんどん欲しくなっちゃうから」

「それに応えてやれるくらいの稼ぎはあるぜ」

「対等よりちょっと俺が下、くらいがちょうどいいんだ。でないと、重荷になるでしょ？」

それには答えず、俺は彼をソファに座らせた。

邪魔なテーブルを足でずらして空間を作り、クロの足の間に座る。

「恥ずかしいな」

「ベッドじゃないと、悪いことしてるみたいでイイだろ？」

もう何度か、俺はクロに絶頂を味わわせていた。

その裸も、局部も、何度も見た。

その上で、彼がこの行為を嫌がっていないという確信を得ていたから、少しだけ大胆になってみる。

「スーツ、見えないじゃん」

「後で見せてやるよ。それとも、お前が俺にしてくれるか？」

クロは少し躊躇《ちゅうちょ》したが、黙ってコクンと頷《うなず》いた。

「じゃ、替われ」

今度は俺がソファに座って、彼を足の間に置く。

スーツのボタンを外すと、細い指は戸惑いながらも俺の前をくつろげた。

下着の中に差し込まれた指が、探るようにまだ力ない俺のモノを引き出す。

それを前に一瞬躊躇しながら、クロは唇を寄せた。

俺はクロを大切にしている。

それは自覚があった。

性的なことに、俺はクロほど純情ではない。

手当たり次第というわけではないが、この年になってからは後腐れのない相手を選んでばかりだった。

それは相手をどうこうというよりも、自分の欲望を満足させるための行為だ。それさえ、最近は足が遠のいていたが。

けれど、クロを相手にしている時は違う。

まず相手が楽しめてから、自分が楽しみたいと思う。

彼が嫌がるようなことをしてまで、自分の快楽を追求したいとは思わない。

だから未だに後ろを使わせることはなかった。

別に絶対に挿《い》れなければならないという気持ちもなかったし、そのために彼が払う犠牲、プライドやら身体的な損傷やらを思うと手が出ないのだ。

スーツを着て、ソファに大股《おおまた》開きでふんぞり返る自分の前で、必死に舌を使うクロ。

そのヴィジュアルだけでも満足できるほど、俺はこの子が好きだった。

もしも、彼がそのことに許可をくれたり、彼の方から欲しいと思うようになってくれたら挑んでみたいことではあるが、今はまだ我慢ができる、と言った方が正しいのかも。

「もういい、クロ」

頭を摑《つか》んで口を離させる。

唇から俺のモノへ、細い唾液《だえき》の糸が一瞬光ったのが淫靡《いんび》だ。

「下を脱いでこっちへ来て、俺の上へ座れ」

「痛くする？」

だがクロの方はそういうことがあるのを知ってはいるようだ。

「いや、しないさ」

その顔に不安の色を見て、俺は首を振った。

「やっぱり男相手だとしたくない？」

「正直言えば『したい』な。だがまだいい、怖いんだろ？」

クロは小さく『そうだね』と呟《うなず》いた。

下を脱がせ、自分に重なるように座らせた後、後ろから彼の身体に触れる。

腰を少しずらして座り直し、彼の足の間に自分のモノが出るようにする。

互いに互いのモノを愛撫《あいぶ》し合う。

「こっち向け」

唇を合わせながら、片手を離し、崩れそうになるクロの身体を抱く。

男にしては細い身体は、熱く、少し震えていた。

猫のように、気まぐれに振る舞いながらも、クロの態度はどこか『懸命』という言葉が似合う時があった。

こうしている時も、快感を求めて楽しむというよりも、何かを必死に掴もうとしているかのように言葉を失《な》くす。

彼が一人外へ出て行っては、着替えをしたり、買い物をして帰って来るのを見て、もしかしたら彼は自分のような家を他に持っているのではないかと疑ったこともあった。

柴崎《しばざき》が言ったように、別宅を幾つか持って、渡り歩いているのではないか。俺からは金を受け取ることはないが、他ではそういうことをしているのではないか、と。

嫉妬《しっと》に狂わされるような考えだが、身体を重ねてみてわかった。やはり彼はこういうことには慣れていない。

知識がないわけではない、経験がないのだ。

だからきっと、彼が帰るのは実家なのだろう。

家に帰りたくない事情があって、ここへ逃げて来ているなら、それでもいい。

いや、その方がいい。

彼に家があるのなら、そうやってちょくちょく家に帰ればいい。そうすれば騒ぐ者は出ず却《かえ》って問題なく、長い付き合いができるというものだ。

「梁瀬さん…」

物欲しそうにねだる声。

「も…」

首筋に擦り寄って来る小さな頭。

荒い呼吸に合わせて肩が上下する。

色っぽさにゾクリとさせられる。

「ちょっと待て」

手を伸ばしてテーブルの端に置いてあるティッシュを取り、クロのモノを包んだ。

「好きだ」

自分をセーブして、先に彼をイかせてやろうとシャツの下に手を差し込み、胸を探る。

「クロ」

順調な恋愛。

順調な生活。

「好きだ…」

それが壊れる日が来るなんて、考えたこともなかった。


「どう言うことです！」

電話口で怒鳴る俺の声に、ビクッと驚いてクロが振り向く。

だが俺は声のトーンを下げることはしなかった。

「そんなことは全く知りませんよ！」

立て込んでいた仕事が、ようやく終わりを見せた頃、俺は一本の電話で起こされた。

電話の相手は山下が紹介して来たあの佐々木だった。

『しかしもう既に引き出されてるんですよ。名義はあなたなんだし、聞いてないじゃ済まされないでしょう』

相手もこちらの態度に気分を害したのか、声を荒げる。

「何と言われても、それは俺じゃない」

『それなら一緒に銀行へ行ってみましょうよ。あなただってその方がスッキリなさるでしょう。今からでもいいですから、とにかくこちらへ出て来てください』

「…わかりました。いいでしょう、今からそちらへ行きますよ」

電話を切ると、クロは待ちかねたようにそうっと近づいて来た。

「どうしたの？」

けれど今だけはその頭を撫《な》でてやる気にもならない。

「やられた」

返事だけはしてやりながら、ベッドルームへ急ぐ。

それでも気になるのか、クローゼットを開けてベッドの上へ乱暴にスーツを投げ出す俺の後ろから、クロはもう一度聞いた。

「やられたって何？」

「山下を覚えてるか」

「梁瀬さんが嫌いな人？」

クロはすぐに答えた。

「ああ、あいつが詐欺をしたんだ。俺の名前を騙《かた》って」

「詐欺？」

「この間会った佐々木に、俺が仕事を引き受けると約束して、代金の小切手を受け取った。しかもどうやら俺になりすまして既に引き出してるらしい」

「そんな…」

「金が引き出されても、俺が仕事の打ち合わせに来ないから電話があったんだ」

「幾ら？」

「七百万。俺の報酬としちゃありがたい額だがな」

だが今となってはそんな大金をさっさと払うなんてバカだとしか言いようがない。

「どうするの？」

「どうする？　俺は一円だって貰《もら》ってないんだ。そんな仕事するわけがないだろう」

手早く着替えを済ませ、財布と鍵《かぎ》をポケットに突っ込む。

「少し遅くなるかも知れないから、メシは先に食ってろ」

この間の名刺は名刺入れの中に入れっぱなしだから、住所を頼りにタクシーを飛ばせばいいだろう。

「大丈夫？」

玄関まで付いて来たクロは、靴を履こうとしていた俺のスーツの袖《そで》を引いた。

「悪いことは何一つしてないんだ。気にするな」

その頭を軽く叩いて、手を振り切る。

「大丈夫だ」

それが本当ではないことはわかっていたが、彼を安心させるために、俺は笑って念を押した。

「俺は悪いことはしてないんだから、ちょっと行って話して来るだけだ」

事のあらましはこうだった。

山下は、やはりあの顔合わせを仕事の受注の場ということでセッティングしていた。

俺が仕事が忙しいのだというセリフを受け、あいつはこの先は自分が任されているから、話は自分とするように言われたと嘘《うそ》をついて佐々木と仕事の話を進めた。

何も知らない佐々木は、簡単にそれを信じた。

恐らく、昔山下の親父さんの方と一緒に撮った写真なんかを見せられたんだろう。前の仕事の時にも見せていたと言うから。

そして佐々木は俺が要求したという報酬を小切手で払った。

山下はそれを三文判を使って引き下ろしたのだ。

つまり『梁瀬』の判子を使って、さも俺が引き下ろしたような顔をして。

そして金が引き下ろされたのを確認しても俺からの連絡がないことに業を煮やした佐々木は、一体何時《いつ》から始めるのかと電話を入れて来た。

いくら俺の判子がついてあったとしても、口座に金が振り込まれてもいないし、俺が金を受け取った証拠はない。

銀行で調べてもらえば、誰が換金したかもすぐにわかるだろう。

だが、『大丈夫』ではないこともある。

一つには犯人である山下が、既に日本にはいないであろうということだ。

海外へ逃亡することを計画しておきながら犯行を起こしたのであれば、いろんなことに対して処置がされているだろう。

そして、もう一つは金をだまし取られた佐々木氏の怒りの矛先だ。

山下が悪い、とわかってもあの人物では素直に引くとは思えなかった。

マンションを出て真っすぐ彼の会社に出向いた俺は、連れ立ってまず銀行へ行った。

そこで金が引き出されたことを確認し、今度は銀行の人間も伴って警察へ。

事情を話すとすぐに立件されることにはなったが、それで俺が解放されるわけではなかった。

山下と俺には面識がある。

それは否定できない事実だ。

共謀などしていないと言っても、はいそうですかというわけにはいかないのだ。

彼が逃げおおせるまで連絡を入れず、時間を稼いでいたのかも知れない。自分の名前を使っていいぞと言ったのかも知れない。

そんな疑いをかけられ、何度も同じ話を聞かれた。

「ウチはもう全ての準備をしてるんですよ。梁瀬さんだって、私と直接会って仕事の話をしたでしょう」

「俺は忙しいと断った」

「『お断りします』とハッキリとはおっしゃらなかった」

「だが俺に引き受ける義務はない」

「そんなこと言うんですか。あなただって自分の名前が可愛《かわい》いでしょう」

「どういう意味です」

「引き受けてくださらないなら、このことを公にします。あなたの名前に傷が付くことになりますよ」

「好きにすればいいだろう、俺は関係ない」

「梁瀬さん、私はどうしてもあなたに仕事を受けていただきたいんだ。著名なグラフィックデザイナーの手にかかった店が欲しいんだ」

「断る。それなら誰か他のヤツに頼みなおしてくれ」

どこへ出ても、後ろ暗いことなどこれっぽっちもない。

だが、これから警察にも、佐々木にも何度か呼び出されることになるだろう。そうなれば静かに仕事をして…、なんてわけにはいかないだろう。

やっかいなことになった。

目の前真っ暗ってほどじゃないが、嫌な気分だった。

だが、これはあくまで自分だけのトラブルだ。

時間が解決してくれるだけの、ちょっと大きな躓《つまず》きでしかない。

そう思っていたのに…。


言い合いに疲れ果て、家へ戻ると、クロはじっと俺を待っていた。

「…お疲れさま」

その一言は、現状にそぐわないようでもあり、自分の気分に合っているようでもあった。

「どうだった？」

靴を脱ぐなりネクタイを外し、出迎えたクロの首にかける。

「暫《しばら》くゴタつくな」

「どうして？　梁瀬さんは悪くないんでしょう？」

相手は子供ではない。

不安の色は隠しようもなくその顔に浮かんでいる。

そのことに気づけばよかった。

「俺が悪くなくても、警察ってとこはすぐに何でも信じてくれるわけじゃない」

だが、俺は疲れていたのだ。

ソファに腰を下ろし、タバコを咥《くわ》えて火を点《つ》け、頭の中はこれから先の予定を調整することで一杯だった。

「どうなるの…？」

すぐにクロが目の前に灰皿を置く。

「さあな。佐々木はどうあっても俺に内装の仕事をさせたいようだし、引き受けなければこの一件を週刊誌にでも売ると言ってた」

だが隣に座ることはなく、少し離れたところに立ち、俺を見下ろすだけだ。

タバコが好きではないからだろう。今の気分ではあまりくっつかれたくないから別に気にもしない。

「だって梁瀬さんは関係ないじゃん！　売ったって相手にされるわけないよ！」

「それでも、ああいう連中は飛びつくだろうな。新進グラフィックデザイナー、詐欺事件に関与。どんなアオリもケツにクエスチョンマークを付ければ書き放題だ」

「そんな…」

「山下を捕まえて金が戻れば文句も言えないだろうが、警察に調べてもらったら既に出国した後だった」

可哀想《かわいそう》に、俺はその時のことを思い出した。

年老いた山下さんの奥様は、自分の息子のことで警察から連絡をもらうなど、夢にも思っていなかったのだろう。

電話口で要領を得ない返事をし、代わった俺にも『申し訳ない』を連発していた。

見えなくても、彼女が電話口で頭を下げている様が見えるようだった。

「契約書がなくとも、商法では口約束も契約になるって言うからな。社交辞令で検討しますなんて答えなくてよかったよ」

「お金、返せば問題にはならない…？」

「ん？　ああ。それはそうできるだろうな。だが七百万なんて金、右から左へすぐには出せるもんじゃない。ないわけじゃないが、大金だ。ま、ここを移って安アパートにでも引っ越せばすぐ出るだろうがな」

「そんなの嫌だ…」

「クロ…？」

声の震えに振り向き、幾らか蒼白な彼の顔色に、冗談が過ぎたかと身体を起こす。

大丈夫、冗談だ。そう言うつもりで彼に手を伸ばしたが、クロはそれを無視した。

「ここを…、出るなんて嫌だ」

「クロ？」

『嫌』の意味に微妙にズレを感じて、指に残るタバコを消す。

「どうした。別に本当にすぐここを出て行くってわけじゃないぞ」

「でもお金が無ければそうなるんでしょう？　ううん、部屋を明け渡さなかったとしても、このままではいられないんでしょう？」

そんなことはない。

別にここを出ることなんて考えなくてもいい。

多少煩わしくはなるが、お前が気にするほどのことでもない。

そんな言葉が喉《のど》の奥に引っ掛かる。

彼のあまりの狼狽《ろうばい》ぶりに。

「俺は『ここ』が好きなんだ。『ここ』を壊すなんて嫌だ」

「壊すって…」

どうして、そんなに脅える。

「ここで、梁瀬さんと静かに暮らすのが好きなんだ。誰かに踏み込まれたり追われたりするのは嫌だ」

何がそれほど怖い。

「クロ」

金が無くなると言ったからか？

週刊誌が来ると言ったからか？

「…そんなの、嫌だ」

胸の中に生まれた不安が、急速に広がってゆく。

俺だけがいればいいと言ったのに、何も望まないと言ったのに、どうしてそんな顔をする。

説明ならできた。

お前の考えているようなことはないと否定してやる言葉は幾らでもあった。けれど、ここへ来てから一度も見せたことのない表情で後じさるクロにかけるべき言葉が失われる。

「俺が仕事を辞めたら、金が無くなったら、嫌いになるってことか？」

意地の悪い言葉は『そういう意味じゃない』というセリフを期待してのものだった。

だが彼は首を横に振りこそすれ、それを否定はしなかった。

泣きそうな、苦しげな顔でこちらを見るだけだった。

「クロ」

もう一度名前を呼ぶと、彼はその視線さえ俺から逸《そ》らしてしまう。

「俺は…、静かに暮らしていたかったんだ。ただ飼われる猫のように」

「だから？　だからどうする？　ここで静かに暮らせないなら出て行くとでも言うのか？」

不安は苛立《いらだ》ちに変わり、自然と声がでかくなる。

追い詰めても意味はない、脅えさせてどうする、と頭のどこかで声もしたが、その苛立ちを抑えることができない。

『俺を好きなんだろう？』という言葉がぐるぐると頭の中を巡る。

クロは下を向いたまま黙り、やがてポツリと答えた。

「…考える」

その瞬間、カッと頭に血が上った。

「だったら好きにしろ！」

何故《なぜ》そんなことを言い出すのかと、聞く気にもならなかった。

彼を好きでいたぶん余計に腹が立った。

平穏な暮らしの中でなければ好きになれないと言うのか。そんなばかばかしい話があるか。

怒りに任せ、立ち上がると彼をそこへ置いたまま足早にベッドルームへ入り、荒々しくドアを閉める。

追って来る様子も、慌ててドアをノックする音もない。

俺の名誉や金など、クロにだけは関係のないものだと思っていた。

だがこの部屋で俺とあんなふうに抱き合ったのも、所詮《しょせん》安定した生活があってのことだと言うのか。グラフィックデザイナーとしての名声は関係なくても、金回りに対しては考えるということなのか。

ベッドが沈み込むほど乱暴に腰を下ろし、枕元に置いてある寝酒用のバーボンのボトルを引っ張り出すと、キャップを飛ばしてそのまま口を付ける。

辛い液体は熱に変わって喉を流れていった。

彼が好きだから。

彼を信じていたから。

これは手酷《てひど》い裏切りだった。

金や肩書で変わるような気持ちだったのか、所詮クロもそんなものに惑わされるような人間だったのか。

厭味《いやみ》な佐々木や警官達とやりあって疲弊《ひへい》していた心は、簡単に憤りの中に埋もれた。

ストレートのバーボンをビンの半分ほど煽《あお》り、上着だけを脱いで横になる。

悔しかった。

自分が思うほど相手が自分を思っていなかったのかと思うと。

そしてその悔しさのまま、俺は目を閉じた。

それでも最後には、明日になったらもう一度ちゃんと話をしてみようと思いながら。


クロには秘密があった。

名前を名乗らず、住所も教えず、素性を隠し続けていた。

理由はわからないが、それはきっと彼にとって重要なことなのだろう。

ああ、だからきっと自分の言葉の中の『週刊誌』という言葉を恐れたのだ、あいつは。煩わしい連中に周囲を探られ、俺の元に出入りしている自分に興味を持たれ、隠し続けていることを調べられることが怖かったのだ、きっと。

それが『静かに暮らしていたかったんだ。ただ飼われる猫のように』という言葉になったのだろう。

俺の金が目当てなはずはない。

彼自身、金回りが悪い様子はなかったのだから。

俺のことは好きと言ったじゃないか、俺に買ってもらいたいものはない、望みはないと言ったではないか。あの言葉を信じたい。

彼が抱えている秘密を暴くつもりは相変わらずなかった。

再び同じ生活が続けられればそれでよかった。

そのためなら、山下の持ち逃げした金を自分が払ってもよかった。

佐々木の仕事を受けてもよかった。

週刊誌にあることないこと書き立てられても、その間だけクロの足が遠のいても、仕事が減ったとしても、かまわなかった。

昨夜はちょっと脅かし過ぎた。

考えてみれば大した問題などないのだ。

何だったら、金はかかるが、仕事で知り合った弁護士の知り合いに間に入ってもらって、全てをまかせてしまえばいいだけのこと。

そのことを説明すれば、きっとクロも安心する。

情けなくてもいい、らしくなくてもいい。

自分の腕の中に抱き締めたあの温《ぬく》もりを失うならば、他の犠牲を払う方がマシだ。

翌朝、深い眠りの中から目を開けた時、見慣れた天井をみつめながら俺はそんなふうに思っていた。

伸ばした腕に触れる体温がないことは寂しいだろう。

柔らかな髪を撫でてやることができなければ、寂しいだろう。

それなら、起き上がってさっさと話を付けてしまった方がいい。

俺は着たまま寝てしまった皺《しわ》くちゃなシャツのまま起き上がり、着替えもせずにリビングのドアを開けた。

ひっそりとして、僅《わず》かに自分の吸っているタバコの臭いだけが漂う部屋。

いつものコーヒーの香りもなければキッチンに人の気配もない。

「クロ?」

嫌な予感がして、俺はキッチンを覗《のぞ》き込んだ。

誰もいない。

続いてクロに与えた部屋のドアを開ける。

キチンと整えられたベッドに、人の寝た跡はなかった。

「クロ！」

トイレ、バスルーム、ありえなくても自分の仕事部屋までドアを開けて回ったが、彼の姿はなかった。

「クロ！」

いつもいた定位置のソファも空っぽ。

玄関に靴もない。

「…出て…行った？」

信じられなかった。

たったあれだけのことで彼がいなくなるなんて、考えられなかった。

ちゃんとした説明もしていない、話し合いもしていない。『考える』と言ったではないか、その結果を俺に告げもしないで消えてしまうなんて。

あり得ない。

「…またいつものあれだ」

力なくソファに座り、自分に言い聞かせるように呟《つぶや》く。

「家に帰ったんだか遊びに出てるんだかわかんねえけど、またすぐに帰って来るさ」

いなくなるはずがない。

いなくなるなら絶対に何か言っていくはずだ。

「俺が寝てたから、言って行くのを忘れただけだ。きっと…、戻ってくる」

気を落ち着かせるために一服点けようと手を伸ばすテーブルの上のタバコ。

その時、初めて俺はそれに気づいた。

潰《つぶ》れたタバコの箱の横に置いてある白く厚い二つの封筒。

手紙でないことはその厚さですぐにわかった。そして自分が置いたものでもないことも。だとすればクロが置いていったものだ。

俺はタバコの代わりにそれを手に取り、中を覗いてみた。

「…何故だ」

想像もしていなかった物を見て、指が震える。

するりと手の中から封筒が落ち、中身が絨毯の上に散らばる。

「どういう意味なんだ」

こんなもの。望んでいない。

自分が望んでいたのは、お前だけなのに。

「…クロ!」

その日から、クロは二度と戻っては来なかった。

数少ない自分の持ち込んだ物も、全て持ち去り姿を消した。

俺の手元に七百万の金だけを残して。

擦り寄って来る柔らかな髪の感触だけを残して…。


朝起きても、部屋の中に人の気配はない。

コーヒーを淹《い》れても、注ぐカップは一つ。

タバコを吸っても灰皿を持って来るヤツはいないし、その煙から逃れてゆくものもいない。

仕事をして顔を上げても、テレビやゲームの音は聞こえてはこず、ソファに腰掛けてもしなだれかかってくる温かさもない。

眠る時は一人だし、そのベッドは冷たいまま。

二十四時間が、これほど空虚で長い時間だと感じたことはなかった。

クロは、何もしなかった。

したことと言えば俺に甘えることとコーヒーを淹れることぐらい。あとは少しばかり覚えた料理を並べ、目の前に座るだけ。

本当に、猫のような生活だった。

だがあれは猫ではない、人間だ。

だからこそ、俺は彼に好意を持ち、抱き締めた。

愛《いと》しくて、手放したくないと願った。

それなのに…。

ポッカリと空いた胸の穴。

埋めるものなど何もない。

クロは自分にとって特別だった。

唯一の『猫』だった。

他に代わるものなど、この世に一つもない。

ただのジョークで部屋に呼び入れ、単に可愛いと思ったから手を出しただけだと思っていた。

けれど一緒にいる何げない時間の中で、クロは大きな存在になっていたのだ。

何げないからこそ、大切だったのだ。

彼がいなくなって初めて、俺はそれに気づかされた。

「聞いたぞ、梁瀬。トラブルに巻き込まれたんだって？」

彼の残像がそこここに残るあの部屋に一人で居るのが辛《つら》くて、俺は家を空けるようになった。

「警察沙汰だったたって話、本当か？」

クロがいる頃には敬遠していたダチとの飲み会にも積極的に顔を出した。

「ああ、本当だ。だがもう終わったよ」

忘れられるのは飲んでいる時と、仕事をしている時だけ。

お陰で俺は飲み歩きながらも仕事はさくさくと片付いていた。

けれど余った時間を使う相手はいないから、また飲みに出る。

「終わったって？　何か契約金持ち逃げされたって話だったけど」

「持ち逃げしたヤツの母親が、金を肩代わりしたんだ。俺からも口添えして、示談にするようにしてやった」

クロを失わせた山下に対する怒りは、おさまりようがなかった。

はした金のために犯罪を犯し、俺から大切なものを取り上げた男を、俺は一生許さないだろう。

だが、小さな背中を更に小さく丸め、切り詰めた生活の中で蓄えた金を持って頭を下げに来た山下の母親を見てしまっては、それ以上騒ぎを大きくすることはできなかった。

愛する者に裏切られた苦しみは自分にもわかる。それが全く違う種類のものであったとしても、絶望に変わりはないはずだ。

「訴えてやればよかったのに。幾らか取れただろう」

「いいんだ。母親の方は世話になった人だから」

「ああ、そいつは辛いな」

事件は不問に処しても、佐々木は俺を諦《あきら》めることができなかった。

だが山下に対する怒りが消えぬように、佐々木に対する嫌悪感も拭《ぬぐ》えない。お前が山下に引っ掛かりさえしなければ…、と思うことが止められない。

そんな状況ではいくら積まれても仕事など引き受けられるはずもなく、名前はあるが金に困っている友人を紹介してやることで俺は奴から離れた。

簡単に、問題など消えてしまう。

それが却って悲しく、悔しい。

どうしてあと少し待ってくれなかった。

どうして自分はあんなふうに悪戯《いたずら》に彼を脅かしたと、何度も悔やまずにはおれなかった。

繰り返す日々に慣れず、もっとあいつと話し合えばよかった。

こんなに突然の別れが来るのなら、本人が嫌がっても、クロ自身のことをもっと聞き出せばよかった。

今となっては遅すぎる後悔ばかりが身を包む。

明かりのついていない部屋に戻るのが、辛い。

ドアを開ける度、迎えに出て来る人の気配を待っている自分が悲しい。

あの小さな部屋へは、入る気にもならなかった。

「梁瀬クン、荒れてるわねえ」

何も知らない友人達は、普通に声をかけて来る。

「別に」

説明したくもないから俺も普通に受ける。

「でもここんとこしょっちゅう飲み歩いてるらしいじゃん。今までずっと誘っても断ってたのに」

けれど心は固まったままだ。

「猫が…、逃げたからな」

「猫飼ってたの？　初耳だわ」

今となっては関係ないことなのだろうが、女友達に声をかけられ、俺はふっとあることを思い出した。

「なあ、猫と犬の違いって何だ？」

聞いた相手は、以前俺に『運命の猫』の話をした女だった。

「え？　何」

「以前、犬と猫は違うって言われたんだ。いったい何が違うんだ？　お前、猫拾って飼ってただろう」

「そうねえ…。犬って忠実だけど、猫って気まぐれってとこかしら。ウチのサーベルも言うこと聞いてくれないからね。ウチの子『サーベル』って言うのよ。梁瀬くんのは？」

「…クロだ」

「へえ、じゃあ黒猫なんだ」

その言葉に出会った時の彼の姿を思い浮かべてしまう。

「猫って、自分でものを考えてるみたいでしょ。犬みたいに主人の反応を待たないのよね。でも甘え上手《じょうず》だからつい可愛がっちゃう」

彼女は俺の隣のスツールに腰掛け、水割りを頼んだ。

「犬は人につく、猫は家につくって言うな」

「あら、そんなことないわよ、一度なつくと猫のが執着強いのよ。情が深いっていうのかしら。

家から一歩も出さなくても、主人だけがいればいいって感じだし」

　そのセリフに思わず苦笑する。

「その猫に逃げられた俺は執着されなかったってことか」

「年寄りの猫だったら死ぬのかもね。あんまりいい話じゃないけど、猫は死ぬ姿を人に見せたくないっていうし」

「若い猫だったよ。とても…、可愛がってた」

「じゃあきっと戻って来るわよ。気まぐれだから」

　戻って来るだろうか。

「その様子だと本当に気に入ってたみたいね」

「ああ」

「じゃあ大丈夫、あんまり可愛いと誰かにさらわれたって可能性もあるから、きっと逃げて来てくれるわよ」

　そうだろうか？

　あれは自分から出て行ったのだ。

　そしてやはり、あれは猫ではなく人だったのだ。

「猫ってさ、私達に見えないものを見てる時があるでしょう。何か遠くの方を見てるの」

ああ、そうだ。

あいつもそんな目で俺を見ていた。

「そうだな」

奇妙な符合にまた苦笑する。

「神秘的よね」

「心地よく秘密めいた…ってとこか」

「上手《うま》いこと言うわね。個体差もあるだろうけど、多分猫の方が愛情が深いのよ、犬より。犬は友人だけど、猫は恋人って感じじゃない？　餌《えさ》をくれるからじゃないの、寝床をくれるからでもないの。相手が好きだから懐く。だから主人が一番になれない時もある」

「何もねだらないし、何も望まない、か？」

「そんなとこ、なかった？」

「…あったな」

「元気出しなさいって。新しい猫でも飼えば？」

「いや、もういいよ。猫を飼うのは一回でたくさんだ。あれ以外のに手を出す気はない」

そういうと彼女は『ペットロスねぇ』と小さく呟いた。

本当のことを知らないから。

「じゃあおとなしく待つのね。本当に愛されてたなら、ちゃんと戻って来るわよ。猫は一番好きな場所からでさえ時々いなくなるものだけど、やっぱり好きなとこは好きだから」

慰めの言葉に、俺は肩を竦《すく》めた。

「そうするよ」

待って戻って来るならいつまででも待つだろう。

けれど、クロはもうきっと戻ってはこないだろう。それだけは何となくわかっていた。

それなのに、やはり自分は待つしかできないのだ。

家も名前も、携帯の番号すらわからない。

捜す術《すべ》はないから。

ただじっと、あのソファにもう一度細い身体が横たわる日を待つことしか。


一番辛いのは、夜家へ戻って来る時と、朝目覚めた時だった。

クロはいないのだ、と強く思い知らされるから。

昼間は、きっとまたどこかへ出掛けているんだとか、テレビを見たり部屋で本を読んだりしているのだとごまかすこともできたが、朝と夜はダメだ。

朝起きた時、出掛けて戻って来た時、いつもクロはソファの上にいた。

今から思うと、彼がその時だけは自分を迎えたいと努力していたのだろう。

そんなことに気づいてはまた落ち込む。

クロを捜す手立てはないかと、最初の日に撮った写真を眺めては、辛くなってまた引き出しの奥へしまい込む。

そんな抜け殻のような日々を過ごす俺を、突然呼び起こしたのは一本の電話だった。

酒に溺《おぼ》れ、昼過ぎまで眠っていた俺の枕元で鳴り響くけたたましいベルの音。

ベッドの中から手を伸ばし、横になったまま電話に出る。

『もしもし、梁瀬か?』

「何だ、お前か…。どうした?」

相手は柴崎だった。

『寝てたのか?』

「ああ、明け方に戻って来たからな」

電話口の向こうで、柴崎がつく小さなタメ息が聞こえる。

もちろん、柴崎もクロの失踪《しっそう》を知っていた。

そしてその後の俺のダメ男ぶりも。

『いいか、今からすぐに髭剃《ひげそ》って、スーツに着替えろ』

「ああ？　何で」

『いいから、俺の言う通りにしろ。三十分したら迎えに行くからな』

「どういうことだよ。俺はまだ…」

『急ぎの仕事はないんだろ？　だったら俺の言うことを聞け。いいな、ちゃんとした格好をしとくんだぞ』

「だから理由を言えよ」

『説明は後でゆっくりしてやる。いいな、三十分後に行くからな』

それだけ言うと、電話は一方的に切れた。

「どういうことだ、全く…」

仕方なく重たい身体を起こし、のそのそと言われた通りにシャワーを軽く浴びて目を覚ますと髭をあたる。

スーツに着替え、タバコに火を点けようとした時に、チャイムは鳴った。

時間はちょうど三十分。

玄関へ行きドアを開けると、柴崎の方もいつもの小汚い格好ではなく、まともなスーツ姿で立っていた。

「まあまあの格好だな。起きてるか？」

「寝てる」

「じゃ、向こうへ着くまでには起きとけよ、行くぞ」

「ちょっと待てよ、どこ行くんだ」

何も言わずに俺を引っ張りだそうとする柴崎の肩を摑み、引き留める。

「説明するって言っただろう」

「まだまだ、もっと後だ。まずは目的の場所へ行ってからだ」

「目的の場所ってどこだ。それくらいは教えてくれてもいいだろ」

「逃げるなよ」

「逃げるような場所なのかよ」

「…そうだな」

柴崎はチラッと俺を見るともったいぶって答えた。

「ブライトホテルだ」

「ブライトホテル？」

「そう、お前の出発の原点だ。さ、わかったら行くぞ」

今度は有無を言わさず、柴崎の方が俺を摑んで引っ張った。

「グズグズするなよ」

そしてそのまま彼の車で都心のホテルへ向かわされた。

柴崎がブライトホテルを俺の出発点と言ったのには理由がある。

俺はそれまで本の装丁だけを手掛けるデザイナーだった。それだって、まだ何本かしかやったことのない、駆け出しもいいところだ。

だがある時、デザイナー仲間から大きなホテルのブライダルフェスタのデザイナーのコンペがあると聞かされて応募したのだ。それがブライトホテルのブライダルフェスタだった。

フェスタの飾り付け、ポスター、看板、パンフレットのデザイン。

仕事の内容も濃く、ブライトホテル自体が大きく名のあるホテルだったこともあって注目度の高いコンペだった。

参加した者は殆《ほとん》どがデザイナーとして名を馳《は》せ、何度かこういった展覧会や展示会を手掛けたベテランばかり。

採用されると思って参加したのではない、これから色々やるにあたって、まだ若い自分の力試しのようなものだと思っての参加だった。

自分自身を含めて、誰も俺が受かるとは思っていなかった。

けれど結果は皆が驚くようなものだった。

弱冠二十三歳、大学出たての何のキャリアも持たない俺が大抜擢《だいばってき》されたのだ。

フェスタは女性雑誌の記事としても採用され、開催中に有名モデルが訪れたこともあり、随分と取り上げられた。

それが俺の名前を表に出した最初の仕事だった。

まあすぐに何もかもが変わるというわけではなかったが、そこで大きくステップアップしていなかったとしたら、この若さでのこの地位はなかっただろう。

そういう意味で、ブライトホテルは確かに俺の原点だった。

六年近くの歳月を経て再び訪れたホテルでは、奇《く》しくも再びブライダルフェスタが行われていた。

都心の一等地、吹き抜けのロビーには縦長のガラスを組み合わせたモダンなシャンデリア。アールヌーボーの柄が彫り込まれたガラスのパーテーションの向こう側はロビーラウンジ。

そこここには白いバラが生けられ、いつにも増して華やかな雰囲気だ。

あちこちにブライダルフェスタ目当てらしいカップルや、年頃の娘を連れた年配の婦人の姿が見える。

自分には居心地の悪い壮麗さだ。

「ここに来るのは久しぶりか?」

柴崎の問いに俺は頷いた。

「用はないからな。こんな一流ホテル。あの後打ち合わせで二回使ったくらいだ」

「ここを経営してるの、どこだか知ってるか？」

「宗和《そうわ》グループだろう？　前の仕事の時にオーナーに挨拶《あいさつ》したよ。子沢山でいい感じのおっさんだった」

「子沢山？」

「五人いるらしい。長男は紹介されたが、自分の系列じゃないホテルへ修業に出すんだと言ってた」

「へえ、いい話じゃん」

そんな話をしながらどこへ行くのかと思っていると、柴崎はロビーを抜け、エスカレーターでブライダルフェスタの会場へと俺を導いた。

入口に飾られた純白のウエディングドレス。

「おい、柴崎」

あまりに場違いな雰囲気に、思わず柴崎の袖を引く。

「何すんだよ。まさかお前、結婚するって言うのか？」

半分は冗談めかした言葉だが、半分は本気だった。

でなければ、この男がこんな場所に来るはずはない。

「するよ。ただし、俺の姉貴がな」

「姉さんか…。だがそれじゃどうして姉さんを連れて来ない」

「姉貴とはこの間もう来たんだ。スイートチャペルプランってヤツで申し込むらしい」

「そいつはオメデトウ。だが…」

「その時ちょっと興味が湧いてな。今度の話は結婚式場で花嫁刺殺…ってのも面白いんじゃないかと」

俺は何となく話が見えかけてタメ息をついた。

「それで？　女ばっかりの場所に男一人で調べに来るのが恥ずかしいから俺か？　勘弁してくれよ」

会場の中には引き出物やらウエディングドレスやらが所狭しと並べられ、御相談カウンターと書かれたテーブルには明らかに金持ちのご子息とご令嬢と言った二人組がデレデレとした顔で座っている。

どこからか甘ったるい匂いさえ漂ってきそうだ。

「いいか、梁瀬」

柴崎は辺りを窺《うかが》うように視線をめぐらせると、突然振り向き、声を潜《ひそ》ませた。

「今から、何があっても大声は出すなよ。それと、俺が『いい』と言うまで動くな」

「何だそりゃ、俺は犬か」

「今日は俺の犬だ。俺が連れて来てやったんだからな。命令を聞け」

いったい何の遊びだかわからないが、わざわざスーツに着替えさせてここまで引っ張って来たのだ、何かはあるのだろう。

俺は不承不承頷いた。

「はい、はい。御主人様の命令に従いますよ」

「よし、それじゃ俺に隠れるようにゆっくり付いて来い」

何が何だかわからぬまま、彼の後に付く。

ドレスを着たマネキンの陰に隠れた彼は、奥の方をチラチラと覗いた。

「お、ラッキー。今日も来てた」

ひょっとして、誰か意中の女でもいるのだろうか？

にしても俺を連れて来てどうしようって言うんだ。保護者同伴じゃあるまいし、値踏みでもさせようっていうのか。

「梁瀬」

彼はそっぽを向いていた俺の肩を叩き、自分が今まで見ていた方をそっと指さした。

「あそこの奥にホテルマンが二人、立ってるだろ」

「何だよ」

「いいから、制服を来たホテルマンが二人、立ってるだろ」

仕方なく彼と並んで指さす方を見る。

確かに、若いのと中年と、制服を着たホテルマンが二人、若いスーツの男の前に立っていた。

「それがどうした。まさかあの若いホテルマンに惚《ほ》れたとか言うなよ」

「違うよ、ホテルマンじゃない。その前に立ってる若い男の方だ」

本当に男に惚れたのか？　いや、俺が驚ける義理はないが…。

「よーく見てみろ。スーツだし、前髪をちょっと上げてるが、誰かに似てないか？」

「似てる？」

「そうだ」

言われてもう一度、今度はスーツ姿の男に焦点を合わせる。

細い肩、明るい髪の色。二人のホテルマンが何度か彼に向かって頭を下げているところを見ると、どうやらお得意様なのだろう。

中年の方が引き出物の展示棚を指さすと、それに合わせて男は振り向いた。

「…！」

その瞬間、飛び出そうとした俺の肩を柴崎ががっちりと摑む。

「梁瀬、約束だ。約束」

もしそうされなかったら、絶対に俺はそのまま飛び出して行って、きっとその男に摑みかかっただろう。

たとえ人目があろうと。

「そうなんだな？」

目の前で笑うその横顔。

「やっぱり、あれがクロちゃんなんだな？」

それはどんなに遠くとも、間違えようのない俺の『クロ』だったのだから。


柴崎に腕を取られ、無理やりロビーラウンジまで連れ戻された俺は、いきなり彼に食ってかかった。

「どういうことなんだ。どうしてあそこにクロが！　それに何でお前がそれを知ってる」

「まあまあ、説明してやるから落ち着けって」

静かな店内、声に人目が集まるが、そんなことはどうでもいい。

けれど彼は俺の分と合わせてコーヒーを二つ頼むと、タバコを咥え、俺にもそうするように薦めた。

落ち着け、と態度で示しながら。

主導権はどうみても柴崎にある。

彼が俺の知りたいことを知っているのだから。

俺は仕方なく言う通りにタバコを取り出し、ひん曲がった唇に載せた。

「以前、お前にクロちゃんの素性を調べて欲しいと頼まれただろ？　まあとはいえ、全然調べられなかったんだが」

周囲はすぐにこちらへの注意を散じ、小さく流れるクラシックの音楽が耳に届く。

「途中からはお前が好きで調べたいと言ったんだ」

「まあそいつはどっちだっていい。とにかく、俺は一応調べてみた。特にお前さんが腑抜《ふぬ》けになってからは真面目《まじめ》に、な」

「それで？」

前置きはいい、さっさと話せという俺の視線に、彼がプカリと煙を吐いた。

「そう頭に血を上らせるな。とにかく、俺は色々調べたのよ。お前の周囲で、お前に興味を持ちそうな若い、育ちのいい青年ってヤツを。ところが何にも引っ掛からない。今まで仕事をして来た会社のバイト、同業者、その家族。誰を調べてもクロちゃんに該当するような人物はいなかった」

「クロは、俺には会ったことはないと言っていた。それは真実だろう」

「それでも、お前の顔を知っていた」

「顔？」

「そうだ。酔っ払ったお前にダイレクトに声をかけて来たわけだろう？　梁瀬は記事物こそ受けるが雑誌なんかに写真を載せるのは嫌いでどこにも顔出しはしていないはずなのに。だから、『会って』はいないが『見て』はいる。しかも名前と顔を一致させて。それならやっぱり近いところにいるはずだ」

それはその通りだ。

クロ自身も言っていた。ただ、俺がこいつに話していなかっただけで。

「その上、公開していないお前の住所も知っていた」

そこまでは考えていなかったが言われてみればそうだ。

「そこでお前にゃ悪いが、無断でお前の周囲の人間に例の預かった写真を見せまくったんだ。もちろん、本当のことは言いやしない。俺が街で知り合った子なんだが、小説のモデルに使いたいから誰か見たことはないかってな」

「それで」

「それも空振りだった。誰も知らなかったよ」

「柴崎！」

もったいぶるな、と抗議の声を上げると彼はまた声を落とせと手を振った。

「だが、だ。先週姉貴の付き合いでここへ来た時、さっき説明したように俺はこのイベントに興味を持って、翌日もう一度ここへ来たんだ。そして担当者に事情を説明し、取材を申し込んだ。その時、手帳の間から持ち歩いてた写真が落ちて、ホテルの担当者に拾われた」

話が核心に近づき、俺の動きが止まる。

「驚くなよ、梁瀬。その男は写真を拾いながらこう言ったんだ。『宗和の坊ちゃんとお知り合いなんですか』とな」

「宗和の坊ちゃん…？」

「宗和美春《みはる》、宗和グループの三男坊。それがクロちゃんの正体だ」

宗和美春…。

知らない、会ったことなどない。

ここで会ったのはオーナーと、彼が連れていたあの時既に社会人だった長男だけだ。

「今年大学を卒業したばかりの二十二歳。今は遊学中ということになってるが、世間勉強ってヤツで決まった仕事はしていない。今回のブライダルフェスタでは責任者に任命された兄貴の手伝いに来てるらしい」

柴崎の声が遠くなる。

頭の中は混乱して、ものが上手く考えられなかった。

何故、そんな人間が自分の元へ？

何の理由があって？

何時《いっ》俺のことを知った？

ここで仕事をしている時に、自分で気づかぬうちに出会っていたのか？　それともその後で何かの席で見かけたのか？

「梁瀬」

「確かに…宗和グループの息子なら、七百万くらい簡単に用意はできるだろうな…」

だがそんな人間が自分と真面目に恋愛するとも思えない。

どこかで、俺を見たのだろう。それはもう間違いのないことだ。そして俺に興味を持って、あそこへ来たのだろう。

「そして…、週刊誌に嗅《か》ぎ付けられたら困る人間でもある」

考えたくはなかったが、彼は自分の身分を守るために、俺から離れた。あの金は手切れ金だったと考えるのが一番妥当なような気がした。

「梁瀬、間違えるなよ」

自嘲《じちょう》する俺に、柴崎は強く言い放った。

「誰もまだ何も聞いてないんだ」

手を伸ばし、灰になったタバコを取り上げ、そっと灰皿へ落とした。

「ショックなのはわかる。お前が考えていそうなこともわかる。だがな、誰も真実は聞いていない。俺だってまだクロちゃんには言葉をかけてないんだ。あの子が本当にクロちゃんなのか、だとしたらどうしてお前のところへ来たのか、どうして金を置いて去って行ったのか、その理由はまだわからないんだ」

「そんなこと…」

「直接聞け」

彼は真っすぐに俺を見て言った。

「お前が、直接聞け」

「クロに?」

「そうだ。聞いた結果は俺達が思っている通りかも知れない。彼の行動は全て金持ちの坊ちゃんのアバンチュール、一時の気まぐれだったのかも知れない。だがな、絶対にそうだとは言い切れないだろう?」

それが彼の優しさなのだろう。

覚悟を決めろという忠告でもある。

俺は灰皿の中で朽ちてゆく吸い殻を見つめ、心を決めた。

失うなら、中途半端ではない方がいい。

柴崎が言う通り、ここでケリを付けよう。

いつまでもカゲロウのような残像に囚われたままでいるよりは、前へ進むべきだ。

「…わかった。直接会おう」

「ああ、そうしろ。俺はこのまま帰るから、気が済むまで話し合え。ただな、思い通りの結果が出なくても、暴れるなよ」

「するか、そんなこと」

「今は締め切り前じゃないからな、奢《おご》り酒なら朝まで付き合ってやるぜ」

そう言って、柴崎は伝票を取ると立ち上がった。

「俺が払うよ」

「いいよ、ここは俺が払ってやる。その代わり、上手く行っても、悪くなっても、次はお前の奢りだぞ」

「ああ…」

伽藍《がらん》のように高い天井の下、俺はぼんやりと去ってゆく友人の背中を見送った。

たった一人残され、選ぶ道はもうない。

手に入れるか失うか、二つに一つだ。

それでも、俺は立ち上がるしかなかった。

この手に、あの柔らかく温かい感触を取り戻すために。

自分の愛しい者を手に入れるために…。


一時間ほど、ロビーの見えるそのラウンジで俺は一人タバコをふかし続けた。

ようやくエスカレーターから降りて来るクロの姿を見つけ、吸いかけたばかりの一本を消して立ち上がる。

この、豪奢《ごうしゃ》な雰囲気の中に馴染《なじ》んだスマートな姿。

一流ホテルを闊歩《かつぽ》するのは当然だという背筋の伸びたいで立ち。

それはクロであり、クロではない青年の姿だ。

足早に彼に追いつき、ロビーから出る前にその背後を取る。

気配に気づいた彼が振り向くのと、俺が声をかけるのは同時だった。

「クロ」

驚きに大きく見開かれる瞳。

だが彼は逃げはしなかった。

「梁瀬《やなせ》さん…」

そして以前見せたような、あの遠くを見つめる目で俺を見る。

俺ではないものを見ているようなあの視線で。

「よく…、ここがわかったね」

「クロ」

「ちょっと待って」

話し始めようとした俺の言葉を遮って、クロは背を向けた。

だがそれも逃げるというのではない。ゆっくりとした足取りで、フロントへ行くと、ホテルマンと何かを話した後すぐに戻って来た。

「ここじゃ目立つから、上へ」

その手にはカードキーが握られている。

一流のホテルだ。普通の客がフロントへ行ってすぐに空き室が貰《もら》えるとは思えない。その行動は問いただす必要もなく彼の身分を教えてしまう。

けれど逃げずに話し合いたいという誘いは、幾らか俺の心を軽くした。

どんなものであっても、彼は自分に説明はしてくれる気があるのだ。

「わかった、どこでも行こう」

「じゃ、こっちへ」

後は無言のまま、俺達は前後に並んで歩き出した。

エレベーターの中でも、対角線に立ち距離を開ける。

彼の用意した部屋へ入るまで、顔も見ず、声も発しない。

聞きたいことは山のようにあった、あると思った。

けれど手の届くところにあるクロの背中を見ると、そんなものはどうでもいいような気分になった。

お前は、まだ俺を好きか？

聞きたいのはそれ一つだけだ。

いや、違う。

もっと、もっと知りたいことはある。ただそれが考えられなくなっているだけだ。

「どうぞ」

扉を開け、彼が俺を差し招いた。

ドアボーイのように扉を押さえる彼の横を擦り抜けて中へ入ると、そこはかなり広い上等な部屋だった。

「スイートか？」

「スーベニアルーム。スイートとスタンダードの間」

「スーベニアとは皮肉だな」

それは『記念・思い出』という意味だ。

今の自分達にとっては嫌な響きと言っていいだろう。

二つ並んだ大きなベッドの手前の方に腰を下ろす。

手持ち不沙汰でついポケットからタバコを取り出すと、彼は笑いながら灰皿を持って来て横へ置いた。

「ベッドの上ではタバコを吸わないでと書いてあるんだけどね」

と言って枕元のカードを指さし、窓辺に据えられた椅子《いす》の方へ腰を下ろした。

何事もなかったかのような態度。

自分が悩んでいた日々が、彼にとって大したことではなかったかのようで、イライラする。

「宗和《そうわ》美春《みはる》、というんだそうだな」

「調べたの？」

タバコを咥《くわ》え、ゆっくりと火を点《つ》けると紫煙は棚引くように流れ、吐き出した白煙に交じって消えた。

「柴崎《しばざき》がな」

「柴崎さんか…、あの人推理物の作家だものね」

何故《なぜ》そんなふうに笑う。

「どうして、何も言わずに消えた」

言い訳をしようとする素振りも、会えて嬉《うれ》しいという様子でもない。

「手紙は書こうと思ったんだけど、何も書けなかったんだ」

そんなものだったのか。

「あの金は手切れ金か？」

お前にとって、あの時間はそんなものだったのか。

「役に立った？」

「使ってない。今日は持ってないが、すぐに返してやる」

「そう、使わなかったんだ…」

淡々とした会話に苛立《いらだ》ちは募り、次第に怒りが湧く。

「少しは役に立てるかと思ったのに」

そしてまた彼は口を噤《つぐ》む。

胸で腕を組み、遠くを見る。

目の前に俺がいるというのに。

「言いたいことはないのか」

ついにたまらなくなって、俺は詰問した。

「拾ってやった俺に対する言い訳も何もないのか」

「拾ったのは…、俺が先だよ」

『何だと?』

「でもどうでもいいんだ、そんなの。ただ、あなたと一緒の時間を作ってみたかっただけなんだ」

「そして気が済んだから出てったってのか」

「そうだよ。他に何が望めるの? 欲望って言うのはね、一つしか持っちゃいけないんだ。多くを望めば全てを失う。高みを望めば果てがない。だから手の届くことを一つ、それだけでいいんだ」

「お前はそれでいいかも知れないが、俺の気持ちはどうなる」

「梁瀬さんの気持ち?」

クロは…、いや、美春は唇を歪《ゆが》めて笑顔に見える顔を作った。

「梁瀬さんの気持ちって何? あなたがすぐには作れないって言った額のお金置いて、ペットに逃げられて、プライドを傷付けられたってこと?」

「何だと?」

「違った?」

笑顔が消え、彼の目付きが変わる。

怒っているのはこっちなのに、睨《にら》みつけるような眼差しだ。

「いいじゃない、次の人を探せば。あなたは別に俺の金とか肩書に興味はないんでしょう? そういう人だってことはわかってる」

「当たり前だ。てめえで稼いだ金以外に興味があるか」

「だよね、だったらもういいでしょ? 俺はあの部屋には帰らない。あなたの相手もしない。だから梁瀬さんは他の人を見つける。それでオシマイだ」

「クロ!」

タバコを消し、立ち上がると、彼はビクリと身体を震わせた。

「本気で言ってんのか!」

「…本気って何？」

だがまだ怯《ひる》まない。

むしろ食ってかかりそうな顔だ。

「俺がお前以外の人間を探すと、本気で思ってるのか」

「だってそうでしょう、俺の代わりなんてあなたには幾らでもいるんじゃないの？」

「クロ！」

怒りに任せ歩み寄り、彼の目の前で手を振り上げる。

だがそれを振り下ろすことはできなかった。

「その名前で呼ばないで！　それはあの部屋だけの名前なんだから。俺の大切な…、大切な名前なんだから！」

叫ぶような声。

どうしてだ。

何故お前が怒る。

「俺は…、あなたとは違う」

もう終わりだと告げたのに、何故涙を流す。

「俺は…、梁瀬さんが好きだった」

「俺だって…」

「違うでしょう。あなたは俺を『気に入った』だけだ。酔っ払って家に入れて、『気に入った』からそこへ置いて、『気に入った』から抱いた。でも俺はずっと、ずっと、あなただけが好きだった」

「…違う」

「違わない！　お金は手切れ金なんかじゃない。ただ本当にあなたの役に立ちたかっただけだ。けれど俺があなたにお金を払ってしまったら、あなたは俺を今までのようには扱ってくれなくなる。『金を借りた相手』になり下がって、梁瀬さんに気遣われるくらいなら、出てった方がマシだった」

意味がわからなかった。

自分だって、クロを好きだった。

そりゃ最初からというわけではないが、彼がいなくなって腑抜《ふぬ》けた日々を送るほど愛していたのだ。

なのにどうして、こんなことを言われなければならないんだ。

「俺が…お前を失ったら悲しむほど愛してたと思わなかったのか？」

「あなたが？　俺を？　ただの一度も愛してるなんて言ってもらえなかったのに？」

皮肉っぽく笑うその顔に、頭を殴られた思いがした。

「…好き、とは言った」

心の中では思っていた、愛している、と。

「そのくらい誰にでも言うでしょう？　柴崎さんのことだって『好き』でしょう？」

だが自分はそれを言葉にしただろうか？

「意味が違う」

覚えていなかった。

あまりにも幸福で、甘い日々に慣れ、改めて告げる必要など感じなかった。

「どんなふうに？　俺は一度だって聞かなかった。でもそれでもよかった。側にいるだけで、笑っていられた。あなたにとって何でもない自分に優しくされてるだけで満足だった。俺は『猫』だから。『恋人』にはなれなくても…、我慢できた」

「クロ…」

「それが愛じゃなくても、何の利害関係もないから真実の気持ちだと思えた。でも、お金が絡めばもう信じられない。あなたが優しくするのは、俺が金を出したからじゃないかって思うようになってしまう」

声が、震えている。

「飼い主は、絶対にあなたじゃなきゃダメなんだ。俺があなたを飼うんじゃ、あなたの気持ちがわからない。でも…、でも結局あなたは俺を愛してはくれなかった」

手を伸ばすと、指に柔らかな髪が触れた。

ずっと、この手の中にあった懐かしい感触。

「好きだ」

笑っていた。

何も言わず、何も望まず。

俺が抱いた時も、その後も、一度だって『愛してくれ』とは言わなかった。

それでも自分が愛《いと》しいと思った時に、言ってやればよかった。うなだれるその肩に、濡《ぬ》れるその頰《ほお》に、切ないと思う前に。

「愛してる」

と、素直に。

「信じられない…」

「金なんか突っ返してやる。お前にどんな血統書が付いてても、俺には関係ない。俺に必要なのは宗和美春じゃない、クロだ」

「信じられない」

「お前がいなくなってからどれほど俺が荒れたか、柴崎にでも聞いてみるといい。寂しかった、家に一人でいられないほど寂しかった。お前の姿ばかりを探した」

「信じられ…」

「信じてくれ」

手を離し、彼の足元に跪《ひざまず》く。

下から見上げると、俯《うつむ》いていたその顔は濡れていた。

長い睫毛《まつげ》からははらはらと大粒の涙が零《こぼ》れ、噛《か》み締めて赤く染まった唇が震えていた。

「クロ」

手を取ると、その濡れた瞳が俺を見る。

あの目で。

そこに俺がいないかのような、目で。

そして俺は気づいた。

この、時々遠くを見るように俺を見る彼の視線の意味。

望まないために、欲を出さぬために、クロは俺を現実に見ようとはしなかったのだ。目の前にいても、これは手が届かないものなのだ、幻影なのだと思って見ていたのだ。

憧れではない、幻だ。

それにもっと早く気づいてやればよかった。

何でそんな目で見る、と不快に思うばかりじゃなく、問いただしていれば。

「俺はここにいる、お前の前に。お前を愛してるんだ、もう二度と手放したくない」

「信じられない…」

もう遅いとは言わないでくれ。

やり直せないと言わないでくれ。

時間はかかったが、ミスもしたが、俺はここまで来た。お前を求めてここにいるんだ。

「信じてくれるまで何度でも言ってやる」

キスした唇は涙のせいでしょっぱかった。

「愛してる」

一言《ひとこと》いう度に重ねる唇。

「愛してる」

ついばむように軽く。

「愛してる」

彼が再び声を上げて泣き崩れるまで、俺はずっとキスを繰り返し、言い続けた。

「愛してる」

彼を抱いた時に言うべきだったその言葉を。

「信じてくれ」

惜しみなく恋人に降らせた。

震える身体を強く抱き、心のままに…。


高校生になったばかりのクロ、宗和美春は、父親の仕事に付いて来て、その日ちょうどコンペにかけられていたブライダルフェスタの参考ポスターを見ていた。

並べられた色とりどりの作品。

その中で彼が目に留めた一枚、それが俺のだった。

心を奪われた、と彼は言った。

誰が作ったのかは知らないが、このポスターが一番いい。

どうせここへ来るお客達はデザイナーの名声で集まるのではなく、ポスターを見て、パンフレットを見て、足を運ぶのだ。

だったらそれは誰が作ったかなんて問題ではなく、こうして男の自分でさえ目を留めてしまう『作品』を選ぶべきではないのか。

彼は父親にそう進言し、子煩悩だった父親はその意見を聞き入れた。

先に拾ったのは自分だ、と彼が言ったのはそういう意味だった。

自分こそが、まだ誰も気づいていなかった梁瀬恒季《こうき》を見つけだしたのだ、と。

俺が仕事でここへ足を運んでいた時、彼は父親に内緒で何度も俺を覗《のぞ》きに来た。

自分を魅了した作品を作った人間に興味があったから。

そこで俺を『見た』のだ。

声もかけず、ただ物陰から。

「咥えタバコでスタッフに指示を出す梁瀬さんはかっこよかった」

やっと腕の中へ取り戻した温もりは、そう言って笑った。

「俺の回りは兄さんも父親も、ホテルの人達もおとなしい人ばかりだったから、大きな声で怒鳴り散らす男の人は珍しくて、印象的だった」

二人で移ったベッドの上、寄り添うように並び、肩を抱く。

「そんなに怒鳴ってたか？」

濡れた頬を指で拭《ぬぐ》ってやると、柔らかな髪が胸に擦り寄った。

「怒鳴ってた。でも仕事が終わるとすぐにベンチでタバコをプカプカして、灰皿を山盛りにしながらぼーっとしてた」

それを指で鋤《す》く。

「いいとこナシだな」

『猫にするように』、恋人の頭を撫《な》でる。

「いいとこばかりで憧れたよ」

愛しくて。

「…どこが。よくわからねぇな」

「憧れて、それからずっと梁瀬さんを追いかけてた。あなたのした仕事は全て調べたし、雑誌に載った小さな記事まで集めた。でも声はかけられなかった、どうせ相手にされないだろうと思って」

「そんなことはないさ」

「あるよ。きっと一ファンだと思われて、握手かサインか、そんなところで終わり」

「俺は握手もサインもしねぇよ」

「じゃあもっと悲しい。だって、俺にとって梁瀬さんは遠くから見て満足する人じゃなかったから。近くに行って、手を触れて、言葉を交わしたい人だったから。その他大勢と一緒になんかされたくなかった」

言葉がそこで切れ、目が俺を見る。

今度は、真っすぐに目の前にいる俺の顔を。

「どうやったら、あなたの側に行けるだろうって、ずっと考えてたんだ。デザインのことも勉強してみようかと思ったんだけど、あなたが雑誌に『側に置くなら何にも知らないヤツがいい』って書いてたから止めた」

「そんなこと書いたか？」

「書いたよ。タバコが好きで、コーヒーが好きで、カレーが好きで。言ったでしょう、梁瀬さんのことなら何でも調べたって。近づけない人だから、遠くから見てるだけで満足しなくちゃいけないって、ずっと我慢してた」

「六年近く？」

「六年近く。最初は憧れだったけれど、追いかけるうちに恋に変わって、どうしても側に行きたくて、自分を知って欲しくて、我慢ができなくなって…。一度だけ声をかけてみようって思って、あの日マンションを訪ねた」

その時のことを思い出したのか、少しだけ目が泳ぐ。

「でも梁瀬さんはいなくて、待ってる間どうしたらインパクトのある挨拶《あいさつ》ができるかって色々考えたんだ」

「二時間待ってたと言ったな」

「そう、二時間かけて考えたのが、『俺は捨て猫だから拾ってください』だった。相手にしてもらえるかどうかビクビクで震えちゃった。でも実際拾われて部屋に招かれたら、今度は急に怖くなった」

「俺が？　何かすると？」

「違うよ、自分が強欲になるのが怖かった。あまりに簡単に側へ行けたから、きっと自分はすぐにその先を望むようになるだろう。でも実際自分が望むことはあまりにも大き過ぎて叶うはずがない。だから、これは全て夢だと思わなきゃダメだ。どんなに優しくされても、どんなに親しくなっても、その先を望んじゃいけない。夢はいつか覚めるものだから、望みが叶うって思っちゃいけないって」

「お前の、その大きな望みって何だ？」

クロは頬を染めた。

そして蚊の鳴くような小さな声でポツリと答えた。

「…恋人」

好きな相手にそんなふうに言われておとなしく笑ってられるほど、俺は礼儀正しい男ではなかった。

愛しさを言葉だけで終わらせられるような純朴な人間でもなかった。

いじらしい、と思った気持ちがそのまま彼を欲しい、と思う気持ちになる。

「恋人、なってくれるんだろ?」

返事も待てず、見つめ合う顔をそのまま近づけて今度は深い口づけを贈る。

舌を差し込み、自分の重みで彼をベッドへ押し倒す。

肩を軽く抱いていた手は、そのまま身体を押さえる格好となった。

抵抗はあるはずなく、熱の籠もった口腔《こうこう》を思う存分貪《むさぼ》った後、そっと唇を離すまで、俺は焦がれていたクロの温かさを味わった。

離れるのが惜しい。

だがまだ言わなくてはならない言葉があるから、仕方なく唇を離す。

「お前が欲しい。帰って来い」

上から覗き込み、今度は返事を待つ。

「…梁瀬さん」

「もう信じないとは言うなよ」

小さな顔は静かに頷いた。

「信じる…」

「戻って来るな?」

クロはまた目を潤ませた。

返事など、本当はわかっている。

俺のために惜しみなく涙を流した彼の気持ちを、もう疑うはずもなかった。

「帰りたい…」

伸びたクロの細い腕が俺の首に回り、しっかりと抱き着く。

「恋人になりたい…」

耳元に熱い吐息《といき》。

「梁瀬さんの側に行きたい」

願いをこめたようなその返事に、俺は再び口づけた。

愛しくて、愛しくて、我慢ができなくて。

「来いよ。これ以上あの部屋に一人だと、俺は死んじまうぞ」

「梁瀬さん…」

嘘《うそ》ではない。

飢え、餓《かっ》えたように、この愛しさを求めていた。

失えば死んでしまうかも知れないと、本当に思ったのだ。

快楽を楽しむためではなく、愛しくて、欲しくて伸ばす手。

ゆっくりと、相手に快感を与えてやるために動かすのではなく、自分が望むものに手を届かせるために動かす指。

「梁瀬さん…」

戸惑う彼の声も、耳に届いてはいるが聞き入れはしなかった。

ずっと、欲しかったのだ。

誰も代わりにはなれないからと誰にも触れなかった指が、やっと触れられるものを見つけてそこを目指す。

スーツを脱がすのは初めてだった。

クロはいつもウチではラフな格好をしていたから。

けれどそれが障害になるわけじゃない。

上着のボタンを外し、シャツをズボンから引き出し、素肌に触れる。

「…ねえ梁瀬さん、ここでするの？」

引き締まってはいるが、柔らかな感触の腹から上へ。

「する」

シャツを捲《まく》り上げ、白い肌を露出させる。

「でもまだ明るいし…」

ベッドへついた膝《ひざ》で自分の身体を支え、もう一方の手を彼のベルトにかける。

「時間なんか関係ない」

恥じらいで捩《よじ》る腰を押さえて前を開ける。

ファスナーに指がかかった時、クロは頬を染めて声を上げた。

「お風呂入ってないし…！」

「それなら風呂の中でするか」

だが、俺はそんな言葉でも止まらない。

「…梁瀬さんっ」

「お前が俺を好きだと言ってくれるなら、もう他の理由では止められない。遊びなら、面倒なことは避ける、好きなだけなら泣かせない。だがな、愛してるから我慢ができない」

触れるのではなく脱がせることだけに集中し、彼をワイシャツ一枚の姿にする。

恥じらいは消えないようだが、それを阻む動きはなかった。

「着替えはお互いルームサービスで一式頼めばいい。どうせ明日の朝までここから出す気はないからな」

自分も上着とタイだけはその場に脱ぎ捨て、彼を抱き上げる。

ワイシャツの裾《すそ》から伸びる足は魅惑的だったが、まだ手は出さなかった。

バスルームへ運び、その姿のまま湯の張ってないバスタブに降ろす。

コックを捻《ひね》って湯を勢いよく出すと、クロのワイシャツが濡れて肌に張り付いた。

それを見下ろしながら自分も服を脱ぎ、バスタブに踏み込む。

パウダールームとバスルームが一体化した広い部屋。

水音だけが響き、足を濡らす。

俺の裸体に目を向けたクロは、僅《わず》かに後じさった。

栓をしていないから、湯はそのまま流れてゆく。

「ここで…?」

「洗うんだろ?」

「それなら一人で…」

「お前が身体を洗う時間も待てないんだ」

細い身体の後ろに腕を差し込み、栓をするとようやくお湯は浴槽を満たし始めた。

「シャツ一枚残ってる方が色っぽいな」

最初はやっぱりキスだった。

上から押さえ込むようにして唇を重ね、二人横たわりながら抱き合う。

満ちた湯に漂うシャツの裾を開いて胸に口付ける。

まだ底に僅かにたまっただけだから、胸は乾いていた。

「…ん」

小さな胸の突起は俺の舌が刺激するまでもなく、ツンと上を向いて張っている。

それを嘗《な》め取るように何度か舌を動かし、ぷっくりとした部分を口に含んだ。

「…あ」

舌を絡ませ、歯を当てぬように吸い上げ、離す。再び咥えて今度は軽く甘噛《あまが》みする。

口でしてやれない方へは指が動いていた。

自分の膝でクロの膝を割り、身体を滑り込ませ、膝で股間《こかん》を押す。

何も着けていないその部分も、既に硬くなっていた。

「征服欲だな」

もう何度か味わった身体なのに、ふざけるように睦《むつ》み合うのではなく、好きなだけ貪ってよいのだと思うと興奮した。

「何…？」

「お前を全部自分のものにできると思うとゾクゾクするって言ったんだ」

「そんなの、ずっとしてたじゃない…」

「今までのは悦《よ》くしてやろうと思ってサービスしてたんだ。だが今日は違う。俺がイキたいんだ。お前に溺《おぼ》れたい」

ここをこうしてやれば感じるだろうか、ここまでしたら怯えるだろうかと考えながらするのではなく、その小さな膨らみや、硬く頭をもたげて来るモノに、自分が触れたいから触れる。

白い肌に、自分の痕《あと》を付けよう。

声を上げさせ、鳴いてよがらせて、俺の名前だけを呼ばせよう。

そして、自分の猛《たけ》る熱を、クロの中に注ぎたい。

欲望のままに、何でもしてやる。

「梁瀬さん…胸…もう…」

ピクピクと震えながらクロが呟《つぶや》く。

知っているさ。

こうされると感じてしまって、頭がぼうっとしてくるんだろう?

そんなの経験がないわけじゃないとは言っていたが、お前が『触られる』ことに慣れてないのはもう十分に知っているんだ。

「胸…、離して…」

「嫌だね」

今までは、『もういい』という制止の言葉を聞いてやれた。

自分がわからなくなるほどの快感に陥ったことがないから怖いのだろうと、気を遣ってやっていた。

だが今度はダメだ。

理性も意識もなくなるほど狂ってしまえ。

余裕を持って、『これが夢でも大丈夫』なんて考えが飛ぶほど、溺れてしまえ。俺は既にお前に溺れているのだから。

「ダメ…、梁瀬さん」

初めての抵抗は、俺を自分の胸から引きはがそうとする手だった。

肩を摑《つか》み、押し戻そうとする。

けれど俺は離れはしなかった。

まだココを味わっていたい。

柔らかく、口の中で転がるものを吸い上げて、舌先に遊ばせていたい。

「ん…っ、ふ…」

肩を押す手が弱くなって、指先はしがみつくように曲がる。

「いや…っ」

まだイッて欲しくないから、前には触れなかった。

膝に先が当たるから、いったん身体を引く。

目の端で見下ろすと、彼のピンク色のモノは湯船の中、シャツを絡ませながら起き上がっていた。

だが濡れているのはまだ湯のせいだろう。

「お願い…、もう…」

ここで出すのが嫌なのだろう、彼は必死に首を振った。

「もう少し我慢しろ」

「だって…」

今度は手と口の位置を変え、同じように嬲《なぶ》る。

「あ…ッ」

クンッ、と彼が大きくのけ反り、波が立つ。

「だめ…、イク…」

肩を摑んでいた手に再び力が戻り俺を押し戻す。

今度は唇から彼の蕾《つぼみ》は離れ、指だけが残った。その残った方の指で、乳首を埋めるように押し回すと、彼はもう一度身体をのけ反らせ痙攣《けいれん》した。

「あ…ッ、ぁぁ…」

触ってもいないのに、彼の白濁したものが俺の腹を濡らす。

さっきとは違う涙目で睨まれ、俺は苦笑した。

「若いな」

「…だから止めてって…」

「悪かった。もうちょっと保つと思ってた」

抱き締めて頬にキスしながら、閉めたばかりの栓を抜く。

ゴッ、と派手な音がして潮が引くように湯が流れてゆく。

それがなくなる前に、俺は自分の汚れた腹と、彼の萎《な》えかけたものを洗った。

「いい、自分で洗う」

「俺がしてやりたいんだ。おとなしくしてろ」

「いいよ、今度は俺がしてあげる」

それは悪くない提案だったが、俺はその手を拒んだ。

「俺はいい」

「どうして?」

「まだイキたくない」

「でも…」

湯が抜け、彼のシャツが肌に張り付く。

今となっては邪魔なのだが、脱がせるのももどかしいから、その上から彼の腹を指さす。

「怖くても、痛がっても、今日は入れたい。だからお前の中でイく」

ここに入るのだ、と示すように。

「俺を満足させてもらう」

逃げるかと思った。

怖いと言うかと思った。

だがクロはわずかに怯《おび》えの色を見せただけで、俺の腕にしがみついた。

「いいよ…」

「クロ?」

「本当は、もうとっくにそうなってもいいと思ってた。でもきっとそうなったら、梁瀬さんを夢だとは思えないと思ったから…」

「痛いぞ」

「痛いから、忘れられなくなるんでしょう? よく言うじゃない、夢の中でも頬を叩いて痛みを感じたら目が醒めるって。痛みで夢から醒めて、あなたの腕の中で、しかも現実でそれを失うなんて最悪。だからそこまではしたくなかった」

痛いから嫌だろうと聞いたのは俺だった。

あの時クロは何と言った？　ただ『そうだね』と呟いただけではなかったか？

「でももう、痛みで夢から醒めても、この腕は俺のものなんでしょう？」

「お前のものだ。腕だけじゃない、何もかもな」

「それならいいよ…。どんなに酷《ひど》くされても」

出会った時、彼をこんなに好きになるとは思っていなかった。

顔立ちもスタイルも好み。

俺の呼吸をわかってくれる。

そういうことで彼を気に入りはした。

だがそんな人間に一度も出会わなかったわけじゃない。意気投合するということでなら、考えたくはないが柴崎でも同じようなものだ。

でも今はクロだけが愛しい。

それはきっと、内に秘めた健気《けなげ》さと切なさが、俺を惹《ひ》きつけていたのだろう。

何げない振りをして、息を潜めて俺の生活の邪魔にならないようにしていた。

負担を感じさせないように、望みも欲も口にしなかった。

ただ笑って、ただ側にいて、ただ甘えていた。

『愛しい』と言わなかったんじゃない。

今更言い訳がましいが、彼の全身から滲《にじ》み出る愛しさに、自分も無言で応えているのだと思い込んでいただけだ。

互いに内に秘めた激しい感情を穏やかな生活でくるみ、『恋』という言葉を使わなくてもこのままでいられると夢を見ていた。

彼はいつか醒めるものと思って。

自分は甘い幻想として。

別れが現実に引き戻すまでずっと。

そして引き戻された現実の中で、ようやく気づいた。

夢から醒めても諦められない思慕と、夢見たままでは手に入れられないものがあることに。

「好きだ」

クロが相手ではなかったら、恥ずかしくて口にも出せないような言葉の群れ。

「可愛い、愛してる」

言わなくても伝わると甘えていた気持ち。

「抱いて、ムチャクチャにして、そこら中に俺のものだという印を付けてやりたい」

「…梁瀬さん?」

けれどこれはもう夢ではなく現実で、幾ら強く思っても、やっぱり伝わらないものは伝わらない世界なのだ。

「お前が欲しい。早くやりたい」

「梁瀬さん」

「恥ずかしいのは俺だって一緒だ。こんなセリフ、顔を見て言えるもんか。だがな、言わないとわからないだろう。また俺がセックスしたいだけで手を出してるんだとか、他の人間と同じように抱いてるんだなんて思われちゃかなわないからな。こんなに激しく人を欲するのは初めてだ。青臭いガキじゃあるまいし、がっついて身体を求めるなんてことはなかった。だが、お前だけは別だ」

流れ続けるお湯が、彼の身体を温め、弛緩《しかん》させていることを祈ろう。

「どんな努力でもする。どんな赤面もののセリフでも言ってやる。この手から零さないように」

面倒だと思った張り付いているシャツを、少し乱暴に脱がす。

自分の方にも余裕がないから。

一度イッたとはいえ、慣れていないクロの身体の中には埋《うず》み火《び》のように快感の尻尾《しっぽ》が残っているだろう。

軽く触れて、耳朶《みみたぶ》に舌を這《は》わせてしまえばすぐにまた昂揚するはずだ。

「俺も…好き…」

身体の位置を変え、浴槽の底に沿ってうつ伏せるように導く。

「どうして男の人なんか好きになっちゃったんだろうなって…、悩んでも諦《あきら》められなかったほど好き」

ふっくりとした白い尻は女のようでもあったが、そういう意味ではなくクロのものだと思うと燃える。

肌がこんなに白いなら、『クロ』ではなく『シロ』と名付けてもよかったかも知れない。

「俺に会う前に、俺と『する』ことを考えたこともあったのか？」

「…キスまでは」

「じゃあ夢や想像より現実のが過激で心地良いってことだな」

バスサイドに並んだ小さなアメニティのビンを、三本一遍に手に取る。

一本はバスジェルで、一本はシャンプーで、もう一本はリンスだった。

シャンプーとリンスはそのままバスタブの外へ投げ、バスジェルを残したまま手に取り切れなかった最後の一本を取る。

白いボトルはボディローションだった。

風呂上がりの肌に付けるヤツだ。

俺は一瞬躊躇《ちゅうちょ》し、ボディローションの方を残した。

「梁瀬さん？」

「タオルに手、届くか？」

「…うん」

「じゃあそいつを取ってしっかり咥えてろ」

無知ではないから、彼は言われた通りにした。

手にローションをたっぷりと取り、目の前の尻に塗る。

白濁した液体は、まるで自分が零したもののように、彼の身体を汚す。

「…あ」

思った通り、敏感になっていた彼の身体はその刺激だけで疼《うず》くらしい。

再び栓をして湯を溜め、喫水線の下に隠れる前にローションを入口に塗り付ける。

滑らかな身体のラインに沿って撫でるように手を動かし、指先を襞《ひだ》に触れさせる。

「…ん」

硬く窄《すぼ》んだ場所を、壊さぬようにゆっくりと一本だけ差し入れる。

俺が促すから腰が上がり、指を咥える場所がせり上がる。

「ん…」

淫《みだ》らな姿に喉が鳴り、すぐにでも飛びかかりたい気分だった。

だが何とかその欲望に耐え、中指を深く穿《うが》つ。

「……あッ！」

白い背中が反り返り、肩甲骨が浮いた。

もちろん、自分のモノは既に限界に近い。

ただクロと違って少しはコントロールが利くから、我慢はできた。もうちょっと待てば、もっと素晴らしいモノが与えられるのだから当然だろう。

ビンに残っていたローションを中に入れたままの指に注ぎ、肌を伝わせて中へ導こうとしたが、俺の指だけでギチギチだった場所には上手《うま》く入らなかった。

零れた液体が湯に落ち、女の化粧品のような香りが漂う。

仕方なく一度途中まで抜き、液体を巻き込むようにして再び深く差し入れた。

「は…ぁ…」

今度は上手く指はローションを纏《まと》い、するりと中へ入る。

滑りはよくなり、抜き差しが楽になる。

「ん…」

これだけではまだ痛みを伴わないからか、クロは指が引き抜かれる度、快感に身体を震わせた。

入れる時よりも抜く時の方が気持ちがいいのだろう。

ヒクつく筋肉がそれを教えてくれる。

「…く…ッ」

手を添え、腰を落とさせ、温かな湯の中で同じことを繰り返す。

ローションは流れたが、一度受け入れた場所は再びきつくなることはなかった。

湯はもう俺のモノを半分水没させるほどに満ちている。

そろそろいいだろう。

「クロ、力を抜け」

腰を抱いて引き寄せ、指を咥えた場所を自分のモノに近づける。

「や…」

「大丈夫、声を上げてもいい」

「違…、顔が…」

「何?」

「梁瀬さんの…顔が…」

言いたいことの意味がわかって俺は指を引き抜いた。

「…っ」

「前からしてもいいが、その方がもっと恥ずかしい格好になるぞ」

波を立てて彼がこちらを向く。

「それでもいい。ちゃんと…、あなたの顔を見ていたい」

「後悔するなよ」

俺は彼の右の足首を持って、ゆっくりと肩に担いだ。

身体が支えられなくなってクロがずるりと寝そべる。

もう裸体を見られる恥ずかしさはないのか、大事な部分を隠そうともしない。

引き抜いた指を今度は二本にし、入口に当てる。

いきなりは無理だから一本。

「…あ…」

そしてもう一本。

「…あ……」

二本目が入った時、筋肉が収縮し、侵入を阻んだ。

だがそれを無理にこじ開け、指を回転させながらねじ込む。

クロは手にしていたタオルを慌てて口に咥え、潤む目で俺を見た。
咎《とが》めているのでもない、幻を見ているのでもない。ここにいる『俺』を見ている。
「すまんな…」
中をゆっくりとかき回し肉を弛緩させる。
その部分は既に水没しているから、指を抜き差しする度、中に湯が入る。
内側を満たす温かい液体はどんな感覚をクロに与えているのだろう。
苦しみと困惑に歪む顔が上気し、溶けるように淫らに崩れる。
さっき一度達した彼のモノが再び勃《た》ち上がるのを見て、俺はクロの腰を引き寄せた。
限界だ。
これ以上は一秒も待てない。
早く彼の中に入りたい。
指を引き抜き、自分のモノを宛てがい、手を添えて中に埋め込む。
「…んん…っ」
首がわずかに左右に振られ、クロが堅く目を閉じる。
彼が先端をしっかりと咥えたのを確認し、薄い肩を抱き寄せる。
力無く垂れていた腕がようようという感じで俺に伸ばされ、同じように肩に縋《すが》る。

「力を抜け」

と言っても無理だろうな。

この声さえ、もう届いているかどうか。

埋め込む、というように俺のモノが彼の中に消える。

圧迫する肉が張ったモノを締め付け、疼く腰から熱を絞り取ろうとする。

半分ほど彼に与えただけで、もうイキそうだった。

呼吸が苦しくなったのか、彼の口からタオルが落ちて湯船に舞う。

「う…」

呻《うめ》き声は自分の喉《のど》から。

「ん…、は…ぁ…」

喘《あえ》ぎはクロの唇から。

湯は既にバスタブ一杯になり、身体が揺れる度、溢《あふ》れてゆく。

男二人も入ってるんだ、そりゃ満ちるのも早いだろうと頭の片隅が冷静に嘲笑《あざわら》う。

「クロ…」

もっと深く彼の中に入りたくて、肩の手を腰に回し、抱き上げるようにその身体を自分の上へ乗せる。

自分の方が寝そべるようにして、真っすぐに彼を貫ける体勢を取る。

「は…」

重力に従ってずるずると落ちて来る彼の身体の中に、自分のモノが呑《の》まれてゆく感覚に息が詰まる。

加減しないと、こっちが途中でイキそうだ。

「ゆっくりでいい…」

もうあと少しで全てが入る。

「ゆっくり、身体を落とせ」

「ん…っ」

なのに、彼が息をつくためにソコに力を入れると、欲望は突然制御不能になった。

細い身体を抱き締めて、突き上げるように揺り動かす。

「痛…」

敏感な部分に、肉が擦れる感覚。

絶頂が近づくのに合わせて俺を締め付ける力は強くなり、鼓動に合わせて収斂《しゅうれん》する。

「あ…、ん…っ、ん…」

動きに合わせた切れ切れの声が切なく高まってゆく。

「クロ…」

動く背中が栓に繋《つな》がるチェーンに引っ掛かり、痛みが走った。

そのせいでそれが抜けたのか、お湯が減ってゆく。

露《あらわ》になってゆく彼の身体に何度も口づけて、赤い痕を付けた。

熱い肌を思い切り吸って、獣のように歯を立てた。

既にクロは痛みを口にすることもできず、俺が揺さぶるのに合わせて頭を振るばかりだ。けれど身体にはまだ力があった。

無意識ではあろうが、ビクビクと襞を閉じた。

放り出されたままの彼のモノが、二人の身体の間で揺れる。

それを握って、共にイクように扱《しご》き上げると、俺を呑んだ場所は更に強く締まった。

「あ…、ん…っ」

これは、俺のものだ。

「や…っ」

誰にも渡さないし、二度と手放さない。

「クロ…」

「ん…っ、ぅ…」

まるでその証しを求めるかのように、俺は彼を攻め続けた。

「や…」

愛しくて、愛しくて、この腕の中に彼を取り込むようにずっと。

頭の中が爆発するほどに、ずっと…。

柔らかだった彼の髪は風呂の湯と汗で額に張り付き、奇麗な面差しに病的な美しさを添えていた。

三度、自分の欲望を満たし、彼の意識を奪うほど満喫した俺は、そっとその身体を抱き上げぬるいシャワーで洗い流した後、ベッドへと運んだ。

ぐったりとした身体に服を着せることは難しく、横たえた裸体の上からシーツを被《かぶ》せる。その時だけ彼は目を開け、俺を見て微笑《ほほえ》んだ。

嬉しそうに。

子供のように。

頭を撫でると、安心したようにまた目を閉じたが、浮かんだ笑みはそのままだった。

部屋でしなくてよかった。

ここに性交の後を残せば、彼の名で取った部屋だ、後で『宗和美春』が困っただろう。

欲しいものを手に入れたから、こんなことを考えられるくらいの余裕が出たのかと思うとこちらも笑ってしまう。

腑抜けて、失ったものに打ちのめされていたのはつい数時間…いや、十数時間前のことだったのに。恋愛が成就することはないのかも、と疑いさえしたのに。

いつまでもその寝顔を見ていたくもあったが、俺は後ろ髪を引かれながらクロの枕元を離れた。

風呂場を洗い流し、散らばった服を纏め、ルームサービスでワイシャツを二枚と下着を二組頼む。

まだ暫《しばら》く彼は眠りの中だろうが、ついでに食事も頼んでおいた。

バスローブを羽織ってタバコに火を点け、彼から離れた窓辺の椅子に座って勢いよく煙を吐き出す。

長くこの部屋にいたというのに、灰皿の中身は最初に吸った一本だけしかなかった。

タバコより、唇に必要なものを貪り続けていた結果だ。

ふっと思い立って、俺はたった今クローゼットのハンガーにかけたスーツの中から携帯を取り出し、片手で操作した。

かけるのは一本の電話。

本当ならもっと早くかけなければならなかったのかも知れない相手。

時刻は深夜だったが、まだ大丈夫だろう。

「柴崎か？」

思った通りコールしてすぐに出た者の名前を呼ぶ。

電話の向こうで、友人は心配そうな声を出した。

『深瀬？　今どこだ？』

「まだホテルだ」

どこの、までは言う必要もないだろう。

『どうだった？　話し合い、できたのか？』

報告の義務はなかったし、この幸福を誰かに伝えるつもりもなかったが、これだけは言っておかなければならない。

協力してくれた感謝のしるしとして、大切な友人に。

「ああ、話し合ったよ」

『それで？』

「悪いが、飲みに行くのは当分先だ。暫く俺は忙しい」

『梁瀬？』

これからのことを考えると、現実ってヤツは色々と問題があるだろう。

猫を飼うわけじゃない、人を愛するのだ。

二人が居るのは夢ではない、現実なのだ。

それでも、俺は笑っていられた。

「お前より大切なものがいるから、そっちが優先だ」

『そうか…』

説明しなくとも、柴崎にはわかったのだろう。

彼はそれ以上質問はしなかった。

「すまんな」

『ばか言え。俺を優先させたら気持ちが悪いわ』

「また時間ができたら連絡するよ。その時には約束通り、好きなだけ奢ってやるさ」

『期待して待ってる』

短い電話を切って、俺はまたタバコをふかした。

タバコ嫌いのクロが戻って来たら、暫くは吸えなくなるかも知れないその味を惜しむように深く、ゆっくりと。

これから始まる新しい日々に思いを馳《は》せながら。

「だからイメージはフランスなんだって。ほら、よくフランスのイラストレーターが描くだろう、こう…シュッとしたシルエット」

「『シュッとしたシルエット』じゃわかんねぇよ」

「わかるだろ、スマートで縦長な感じだよ」

「ちょっとそこへ描いてみろよ」

「俺がか?」

「他に誰がいる」

「俺、絵はヘタなんだよ…」

ブツブツと文句を言いながらも、柴崎はテーブルに齧《かじ》り付いて自分のイメージを描き表した。覗き込むと、そこにはボールペンで塗り潰《つぶ》した『し』の字のようなものが描いてある。『し』の字ではないのはその上の方に付いている二つの突起でわかる程度だ。

「それが猫か?」

「立派な黒猫だろう」

俺は遠慮なくプッと吹き出した。

「今時小学生だってもうちょっとマシな絵を描くぜ」

「うるせぇな、それじゃお前が描いてみろよ」

「俺が描いてどうする。お前のイメージを聞いてるんだろ」

俺のマンションのリビングで、柴崎は自分の次回作の表紙の装丁のイメージを何とか伝えようと必死になっていた。

だがそいつはイマイチ成功していない。

いつもなら喫茶店でする打ち合わせをウチでやるのには理由があった。

この男がどうしても、ウチで食事をしたいと言い張ったからだ。

お陰で部屋の中は二人分のタバコの煙が充満し、灰皿は三つ並んでいるというのにどれも満杯だ。

「単に縦長の猫でいいんだろ？」

「違うって、こうちょっとした色気のあるカーヴを持ったシルエットなんだって」

「『S』字みたいな、か？」

「そう、それ。尻尾が長くて先がくるっと巻いてる感じだ」

「だとするとイラストレーターは小栗蒔子《おぐりまきこ》か時任政也《ときとうまさや》かな。その辺りで打診してみるか」

「ラフ出しさせてくれよ」

「わかってるって」

テーブルの上のコーヒーサーバーが空になるころ、やっと折り合いがついて二人一緒にソファの背もたれに身体を埋める。

気が付くと、部屋にはタバコの匂いより強くカレーの香りが漂っていた。

「おい、コーヒーもう一杯くれ」

空っぽだとわかっているのに、柴崎はカップを持ち上げて催促した。

だが自分も喉がいがらっぽい。

「クロ」

だから俺は声を上げて『彼』を呼んだ。

「コーヒーのお代わり頼む」

声に応えてキッチンから猫のようにそうっとこちらを窺《うかが》う顔が覗く。

「俺にそのニコチンの中へ入って来いって言うの?」

今日はその名に相応《ふさわ》しい黒のシャツを着て、少しむくれた顔。

「換気扇回せばいいだろ」

「回してるよ」

「じゃ、エアコンを換気にしろ」

それはウチに居着いた猫の顔だ。

「悪いね、クロちゃん。仕事となるとどうしてもタバコが手放せなくて」

「今は禁煙運動がさかんなんだから、二人共流行後れってことですよ」

悪戯《いたずら》っぽく笑ってすぐに顔が引っ込む。

「しょうがねぇな」

と言いながら俺はサーバーを持って自らキッチンへコーヒーを取りに行った。

あの後、クロはこの部屋へ戻って来た。

今度は仮住まいではなく、自分の荷物と生活を持って。

家へ『帰り』ながらここに居るのではない。家へ時々顔を出してはここへ『帰って』来る生活にするためだ。

俺の小さな資料室はすっかり彼の個室になり、今ではパソコンやら電話やら、人としての生活の基盤が持ち込まれている。

親になんと説明をするのかと聞くと、彼はしれっとした顔で『グラフィックデザイナーになりたいから弟子入りするって言って来た』と答えた。

一度は自分が仕事を発注したデザイナーだ。しかもこれでも俺は世間に名も知れている。

同居の理由づけとして、そいつは悪いアイデアではなかった。

父親はかなり反対したらしいが、三男でもあるし、それで社会経験が詰めるならそれもまたよしと甘い顔を見せてくれたようだ。

結局、猫ってのはどこでも可愛がられるものなのだろう。

もっとも、実際彼がグラフィックデザイナーになるかどうかは知らないが…。

自分にとっては誰からも文句が出ず、彼と一緒にいられるならどんな理由でも歓迎しただろう。

「いい匂いだな」

今のところ、クロが腕を上げているのはデザインの仕事よりカレーの作り方の方だろう。

「今日のは鶏肉にカレーの味が染みるように、先にカレー粉をまぶしといたんだ。そうしておいて煮込む前に軽く炒めると美味《おい》しいんだって」

「失敗しないでいてくれりゃあ何でもいいよ」

「張り合いないなぁ」

「お前が作るんなら何でもいいってことだ」

彼の横で紙フィルターを取り出し、コーヒーを淹《い》れる。

クロは振り向きもせず鍋の様子を見ている。

この何の変哲もない日常が嬉しい。

「お前さ、仮にもグラフィックデザイナー目指してますって言うなら一回くらいデザイン上げろよ」

「わかってるよ」

「サムネールから書き起こしてみろ、見てやるから」

「サムネールって何？」

「…下書きだって教えてやったろ」

「忘れた」

顔も見ないで、互いに別々の作業をする。

「この間ちゃんと本貸してやっただろ」

「今読んでる途中なの」

好きだけれど、愛しいけれど。

夜には二人で情熱的な時間なんてものを過ごすのに夢中になるけれど、こうしている隣の部屋に柴崎のヤローがいても邪魔にはしない。

でもふとした瞬間に目が合うと、クロは俺に身体を擦り寄せる。

「アチッ、急にひっつくな！　お湯使ってんだから」

猫が甘えるように自然に、自分の欲望に任せて。

そして俺もヤカンとサーバーを持ったまま、顔だけ伸ばして甘える唇にキスを贈ってやる。

「どうしたの？」

「ん？」

「梁瀬さん、笑ってる」

「ああ、ちょっと思い出し笑いだ」

「思い出し笑いってスケベな証拠なんだってよ」

「そういうんじゃねぇよ。ただ前に女友達の言ってたことを思い出したんだ」

「何？」

コポコポと、音を立てながらコーヒーが一滴ずつドリップされる。

小さな気持ちが漉《こ》されて溜まってゆくように。

「そいつは猫の飼えないマンションに住んでたんだが、ある日怪我《けが》した猫を拾ってな。どうにも猫を飼わなきゃならない状況になった。その時に、『この猫は自分が飼わなきゃいけないんだ。これが自分の運命の猫なんだ』って思ったんだとさ」

溜まった気持ちはやがて香り立ち、心をくすぐる。

「運命の猫？」

「猫なんか飼えない、飼いたくないって思っても、いつかそういう日が来る。飼わなきゃならない、手放せないって日が、な」

恋人を愛しいと思う気持ちのように。

クロを愛しいと思う気持ちのように。

「さしずめ俺にとっての『運命の猫』はお前だな」

その猫は、酔っ払った俺の前に突然現れて拾ってくれと言い出した。

部屋に招き入れると、ソファに横になり、俺に甘えた。

「まだ『猫』なの?」

そして今ではそんな可愛い文句も言う。

「運命の恋人じゃこっ恥ずかしい」

愛しい恋人として。

「梁瀬ぇ、コーヒーとカレーまだか?」

俺の隣で、肩を竦《すく》めて笑いながら…。

あとがき

皆様、初めまして。もしくはお久しぶりです、火崎勇《ひざきゆう》です。

この度は『運命の猫』を手にとっていただきありがとうございます。

そして、担当のM様、イラストの片岡《かたおか》ケイコ様、ありがとうございます。


実は、火崎はずっと猫が飼いたかったんです。

でも、今まで飼ったことがなくて、自分に世話ができるのか？　と思うと餌のことや、トイレのことや、躾《しつけ》のことなんかでどうしても踏み切れずにいました。

周囲の友人は次々と猫を飼い始める中、『猫はいいよ』と言われても、やっぱり生き物を飼うというのは覚悟がいるものだと思っておりました。

その時です。ある友人が『私もそう思ってたけど、猫っていうのはある日突然飼わなきゃならない状況になっちゃうもんです。いつか火崎さんにも運命の猫が現れて、飼うようになりますよ』と言ったのです。

『運命の猫』かぁ。

ある日突然飼わなければならない状況になる、なんて、ちょっといい感じに原稿に使えそうではないですか。

もうおわかりでしょうが、そうしてこの本のタイトルと内容が決まったのです。O嬢、その節はヒントありがとうございます。

さてその猫、クロをある日突然飼わなければならなくなってしまった梁瀬《やなせ》ですが、これからは猫を飼ってしまった人々が大抵そうであるように、彼にメロメロでしょう。

イタズラをしようが、何をしようが、人間の友人達には文句を言う男が、猫には甘いというのはよく聞くじゃないですか。

でもクロはいつか家に呼び戻されてしまうから、その時に手放したくない梁瀬が世間やクロの父親とどう戦うかが見ものです。

頑張れ、梁瀬（笑）。

そして、心の中でひそかに思っているのは、ホモの友達はホモなのではってことでしょう。

それでは、そろそろ紙面も尽きましたので、これにて。

またの会う日を楽しみに…。

この本を読んでのご意見、ご感想を編集部までお寄せください。
《あて先》〒105－8055　東京都港区芝大門2－2－1　徳間書店　キャラ編集部気付
「火崎勇先生」「片岡ケイコ先生」係

■初出一覧
運命の猫……書き下ろし

運命の猫

【キャラ文庫】

2004年4月30日 初刷

著者 火崎 勇
発行者 市川英子
発行所 株式会社徳間書店
〒105-8055 東京都港区芝大門2-2-1
電話03-5403-4324(販売管理部)
03-5403-4348(編集部)
振替00140-0-44392

印刷・製本 図書印刷株式会社
カバー・口絵 近代美術株式会社
デザイン 間中幸子・海老原秀幸

ISBN4-19-900303-7

キャラ文庫既刊

■秋月こお
「やってらんねェぜ!」全6巻
「セカンド・レボリューション やってらんねェぜ!外伝」

「アーバンナイト・クルーズ やってらんねェぜ!外伝2」

「酒と薔薇とジェラシーと やってらんねェぜ!外伝3」

「許せない男 やってらんねェぜ!外伝4」 CUTこいでみえこ
「王様な猫」

「王様な猫のしつけ方 王様な猫2」

「王様な猫の陰謀と純愛 王様な猫3」

「王様な猫と調教師 王様な猫4」

「王様な猫の戴冠 王様な猫5」 CUTかすみ涼和
「王朝春宵ロマンセ」

「王朝夏曙ロマンセ 王朝春宵ロマンセ2」

「王朝秋夜ロマンセ 王朝春宵ロマンセ3」

「王朝冬陽ロマンセ 王朝春宵ロマンセ4」 CUT唯月 一
「要人警護」

「特命外交官 要人警護2」 CUT緋色れーいち

■朝月美姫
「BAD BOYブルース」
「俺たちのセカンド・シーズン BAD BOYブルース2」 CUT東城麻美
「シャドー・シティ」 CUTほたか乱
「ヴァージンな恋愛」 CUT極楽院櫻子
「厄介なDNA」 CUT高群 保

「お坊ちゃまは探偵志望」 CUT雁川せゆ

■五百香ノエル
「キリング・ビータ」
「偶像の資格 キリング・ビータ2」
「暗黒の誕生 キリング・ビータ3」
「静寂の暴走 キリング・ビータ4」 CUT麻々原絵里依
「幼馴染み冒険隊 デッド・スポット」 CUTみずき健
「GENE《ゲーン》 天使は裂かれる」
「望郷天使 GENE2」
「紅蓮の稲妻 GENE3」
「宿命の血戦 GENE4」
「この世の果て GENE5」
「愛の戦闘《たたかい》 GENE6」
「螺旋運命 GENE7」
「心の扉 GENE8」
「天使はうまれる GENE9」 CUT金ひかる

■斑鳩サハラ
「僕の銀狐」 CUT越智千文
「押したおされて 僕の銀狐2」
「最強ラヴァーズ 僕の銀狐3」
「狼と子羊 僕の銀狐4」
「月夜の恋奇譚」 CUT吹山りこ
「夏の感触」 CUT嶋田尚未
「秒殺LOVE」 CUT桃季さえ
「キス的恋愛事情」 CUTえとう綺羅
「今夜こそ逃げてやる!」 CUTこうじま奈月

■池戸裕子
「恋はシャッフル」 CUT雁川せゆ
「ロマンスのルール」
「告白のリミット ロマンスのルール2」
「優しさのプライド ロマンスのルール3」 CUTビリー高橋
「小さな花束を持って」 CUT金ひかる

「アニマル・スイッチ」 CUT夏乃あゆみ
「TROUBLE TRAP!」 CUT峰倉かずや
「いつだって大キライ」 CUTのもまりの
「ラブ・スタント」 CUTえとう綺羅
「課外授業のそのあとで」 CUT史堂 櫂
「恋のオプショナル・ツアー」 CUT明森びびか
「ひみつの媚薬」 CUT高群 保
「勝手にスクープ!」 CUTにゃおんたつね
「口説き上手の恋人」 CUT高久尚子
「KISSのシナリオ」 CUT宗真仁子
「社長秘書の昼と夜」 CUT果桃なばこ
「学者サマの弁明」 CUTやまかみ梨由

■緒方志乃
「甘え上手なエゴイスト」 CUT高久尚子
「ファイナル・チャンス!」 CUT北畠あけの
「二代目はライバル」 CUT須賀邦彦

■鹿住 槇
「優しい革命」
「いじっぱりトラブル 続・優しい革命」 CUT橘 皆無
「甘える覚悟」 CUT穂波ゆきね
「愛情シェイク」
「微熱ウォーズ 愛情シェイク2」 CUT高群 保
「泣きべそステップ」 CUTやまかみ梨由
「別嬪レイディ」 CUT大和名瀬
「恋するキューピッド」
「恋するサマータイム 恋するキューピッド2」 CUT明神 翼
「可愛くない可愛いキミ」 CUT藤崎一也
「ゲームはおしまい!」 CUT宏橋昌水
「囚われた欲望」 CUT椎名咲月
「甘い断罪」 CUT不破慎理
「ただいま同居中!」

キャラ文庫既刊

【ただいま恋愛中!】ただいま同居中!2 CUT夏乃あゆみ
【お願いクッキー】 CUT北畠あけ乃
【独占禁止!?】 CUT宮城とおこ
【となりのベッドで眠らせて】 CUT真生るいす
【君に抱かれて花になる】 CUT椎名咲月

■かわいゆみこ
【Die Karte —カルテ—】 CUTほたか乱

■川原つばさ
【泣かせてみたい①〜⑥】
【ブラザー・チャージ】泣かせてみたいシリーズ CUT禾田みちる
【天使のアルファベット】 CUT極楽院櫻子
【プラトニック・ダンス①〜⑤】 CUT沖麻実也

■神奈木智
【地球儀の庭】 CUTやまかみ梨由
【王様は、今日も不機嫌】 CUT雁川せゆ
【勝ち気な三日月】 CUT楠本こすり
【キスなんて、大嫌い】 CUT穂波ゆきね
【その指だけが知っている】
【左手は彼の夢をみる】その指だけが知っている2 CUT小田切ほたる
【ダイヤモンドの条件】
【シリウスの奇跡】ダイヤモンドの条件2 CUT須賀邦彦
【無口な情熱】 CUT椎名咲月

■高坂結城
【午前2時にみる夢】 CUT羽音こうき

【恋愛ルーレット】 CUT橘 皆無
【瞳のロマンチスト】 CUT穂波ゆきね
【エンジェリック・ラバー】 CUTみずき健
【微熱のノイズ】 CUT椎名咲月
【サムシング・ブルー】 CUT雁川せゆ
【好きとキライの法則】 CUT宏橋昌水

■剛しいら
【このままでいさせて】 CUT藤崎一也
【エンドマークじゃ終わらない】 CUT椎名咲月
【伝心ゲーム】 CUT依田沙江美
【追跡はワイルドに】 CUT緋色れーいち
【雛供養】 CUT須賀邦彦
【顔のない男】
【見知らぬ男】顔のない男2 CUT北畠あけ乃

■ごとうしのぶ
【水に眠る月 —夢見の章—】
【水に眠る月② —霧雨の章—】
【水に眠る月③ —黄昏の章—】 CUTLee
【熱情】 CUT高久尚子

■榊 花月
【午後の音楽室】 CUT依田沙江美
【白衣とダイヤモンド】 CUT明森びびか
【ロマンスは熱いうちに】 CUT夏乃あゆみ
【永遠のパズル】 CUT山田ユギ

■桜木知沙子
【ささやかなジェラシー】 CUTビリー高橋

【ご自慢のレシピ】 CUT椎名咲月
【となりの王子様】 CUT夢花 李
【金の鎖が支配する】 CUT清瀬のどか

■佐々木禎子
【ロッカールームでキスをして】 CUT高久尚子
【ナイトメア・ハンター】 CUTにゃおんたつね
【最低の恋人】 CUT蓮川 愛
【恋愛ナビゲーション】 CUT山守ナオコ
【したたかに純愛】 CUT不破慎理

■篠 稲穂
【ひそやかな激情】 CUT穂波ゆきね
【草食動物の憂鬱】 CUT宗真仁子
【禁欲的《ストイック》な僕の事情】 CUT桃季さえ
【熱視線】 CUT夏乃あゆみ
【Baby Love】 CUT宮城とおこ

■秀香穂里
【くちびるに銀の弾丸】 CUT祭河ななを

■愁堂れな
【身勝手な狩人】 CUT蓮川 愛

キャラ文庫既刊

■菅野 彰
[毎日晴天！]
[子供は止まらない 毎日晴天！2]
[子供の言い分 毎日晴天！3]
[いそがないで。 毎日晴天！4]
[花屋の二階で 毎日晴天！5]
[子供たちの長い夜 毎日晴天！6]
[僕らがもう大人だとしても 毎日晴天！7]
[花屋の店先で 毎日晴天！8]
[君が幸いと呼ぶ時間 毎日晴天！9]
[明日晴れても 毎日晴天！10] CUT二宮悦巳

[野蛮人との恋愛]
[ひとでなしとの恋愛 野蛮人との恋愛2]
[ろくでなしとの恋愛 野蛮人との恋愛3] CUTやしきゆかり

■春原いずみ
[風のコラージュ] CUTやまかみ梨由
[緋色のフレイム] CUT果桃なばこ
[とけない魔法] CUTやまねあやの
[チェックメイトから始めよう] CUT椎名咲月
[白檀の甘い罠] CUT明森びびか
[氷点下の恋人] CUT片岡ケイコ

■染井吉乃
[嘘つきの恋]
[蜜月の条件 嘘つきの恋2]
[誘惑のおまじない 嘘つきの恋3] CUT宗真仁子

[サギヌマ薬局で…] CUTよしながふみ
[blue ～海より蒼い～] CUT夢花 李
[トライアングル・ゲーム] CUT嶋田尚未
[足長おじさんの手紙] CUT南かずか
[ハート・サウンド]
[ボディ・フリーク ハート・サウンド2]
[ラブ・ライズ ハート・サウンド3] CUT麻々原絵里依

■篁釉以子
[ヴァージン・ビート] CUTかすみ涼和
[ヴァニシング・フォーカス] CUT楠本こすり
[カクテルは甘く危険な香り] CUT雁川せゆ
[バックステージ・トラップ] CUT松本テマリ
[ドクターには逆らえない] CUTやまかみ梨由
[真夏の合格ライン]
[真冬のクライシス 真夏の合格ライン2] CUT明森びびか
[保健室で恋をしよう] CUT香雨

■月村 奎
[そして恋がはじまる] CUT夢花 李

[アプローチ] CUT夏乃あゆみ

■徳田央生
[会議は踊る！] CUTほたか乱
[ラ・ヴィ・アン・ローズ] CUT史堂 櫂

■灰原桐生
[僕はツイてない。] CUT史堂 櫂

■火崎 勇
[ウォータークラウン] CUT不破慎理
[EASYな微熱] CUT金ひかる
[永い言葉] CUT石田育絵
[恋愛発展途上] CUT蓮川 愛
[三度目のキス] CUT高久尚子
[ムーン・ガーデン] CUT須賀邦彦
[グッドラックはいらない！] CUT果桃なばこ
[マイフェア・ブライド] CUT雁川せゆ
[お手をどうぞ] CUT松本テマリ
[負けてたまるか！] CUT史堂 櫂
[ロジカルな恋愛] CUT山守ナオコ
[カラッポの卵] CUT明森びびか
[寡黙に愛して] CUT北畠あけ乃
[運命の猫] CUT片岡ケイコ

■ふゆの仁子
[メリーメイカーズ] CUT楠本こすり
[飛沫の鼓動《リズム》]
[飛沫の輪舞《ロンド》 飛沫の鼓動2]
[飛沫の円舞《ワルツ》 飛沫の鼓動3] CUT不破慎理

キャラ文庫既刊

【太陽が満ちるとき】 CUT高久尚子
【年下の男】 CUT北畠あけの
【Gのエクスタシー】 CUTやまねあやの
【ボディスペシャルNO.1】 CUTやしきゆかり
【恋愛戦略の定義】 CUT雪舟 薫
【フラワー・ステップ】 CUT夏乃あゆみ
【ソムリエのくちづけ】 CUT北畠あけ乃
【プライドの欲望】 CUT須賀邦彦

■穂宮みのり
【無敵の三原則】 CUT宗真仁子
【君だけのファインダー】 CUT円屋榎英

■前田 栄
【好奇心は猫をも殺す】 CUT高口里純

■松岡なつき
【声にならないカデンツァ】 CUTビリー高橋
【ブラックタイで革命を】
【ドレスシャツの野蛮人】 ブラックタイで革命を2 CUT緋色れーいち
【センターコート】全3巻 CUT須賀邦彦
【旅行鞄をしまえる日】 CUT史堂 櫂
【GO WEST!】 CUTほたか乱
【NOと言えなくて】 CUT果桃なばこ
【WILD WIND】 CUT雪舟 薫

【FLESH & BLOOD①～⑥】 CUT雪舟 薫

■真船るのあ
【オープン・セサミ】
【楽園にとどくまで】 オープン・セサミ2
【やすらぎのマーメイド】 オープン・セサミ3 CUT蓮川 愛
【思わせぶりな暴君】 CUT果桃なばこ
【恋と節約のススメ】 CUT橘 皆無
【眠れる館の佳人】 CUTにゃおんたつね

■水無月さらら
【素直でなんかいられない】 CUTかすみ涼和
【無敵のベビーフェイス】
【ファジーな人魚姫】 私立海宝学園シリーズ2
【真珠姫ご乱心!】 私立海宝学園シリーズ3
【お気に召すまで】 CUT吹山りこ
【永遠の7days】 CUT北畠あけの
【視線のジレンマ】 CUT真生るいす
【恋愛小説家になれない】 CUT Lee
【バルコニーから飛び降りろ!】 CUT史堂 櫂 CUT高塚カズイ

■望月広海
【あなたを知りたくて】 CUT藤崎一也
【君をつつむ光】 CUTビリー高橋
【気まぐれ猫の攻略法】 CUT宗真仁子

■桃さくら
【砂漠に落ちた一粒の砂】
【いつか砂漠に連れてって】 砂漠に落ちた一粒の砂2 CUT吹山りこ
【ロマンチック・ダンディー】 CUTほたか乱
【南の島で恋をして】 CUT桃季さえ
【億万長者のユーウツ】 CUTえとう綺羅
【だから社内恋愛!】 CUT神崎貴至
【占いましょう】 CUT唯月 一
【宝石は微笑まない】 CUT香雨

■吉原理恵子
【二重螺旋】
【愛情鎖縛】 二重螺旋2 CUT円陣闇丸

〈2004年4月27日現在〉

好評発売中

火崎 勇の本

【カラッポの卵】

イラスト◆明森びびか

一流百貨店に勤める弓川《ゆみかわ》は、紳士用品売り場のフロアチーフ。仕事に燃える毎日だけどある日、高校時代憧れていた石動《いするぎ》が、同僚として異動してきた!? 凛々しくストイックな物腰で剣道の好敵手《ライバル》だったアイツ。ところが今や、接客も満足にしない超サボり魔になっていた!! 「俺には俺の役目があるんだ」そう言って笑う石動。変貌の理由が気になって、石動の世話を焼く弓川だけど……!?

好評発売中

ロジカルな恋愛
YOU HIZAKI PRESENTS
火崎 勇
イラスト◆山守ナオコ
その瞳に俺だけを映したい――
この想い、リクツじゃない。
キャラ文庫

火崎 勇の本
【ロジカルな恋愛】
イラスト◆山守ナオコ

名門校で浮いてるアイツが、全国模試で二位、しかも校則違反のバイトをしてる!? カフェではギャルソン姿も凛々しく、大人っぽく振る舞いながら、学校では一切素振りを見せない。クラスメートの園部《そのべ》が見せる二つの横顔――そのギャップのわけが知りたくて、毎日家を訪れるようになった渉《あゆむ》。だけど次第に、自分だけが知っている園部の素顔を独占したくなって…!?

好評発売中

火崎 勇の本

【負けてたまるか！】

イラスト◆史堂 櫂

「二人のうち、優秀な方を跡継ぎにする」――突然父から言い渡された後継者レース。大企業の御曹司・斎《いつき》の前に現れたのは、怜悧な美貌の義弟・立城《たつき》。しかも「絶対あなたに勝ってやる」と、正面から宣戦布告してきた!!　闘争心を剥き出しに挑んでくる立城に、逆に興味をかきたてられた斎。なんとか接近しようとするけれど…!?　恋と跡継ぎの座を賭けたラブ♥バトル!!

キャラ文庫最新刊

運命の猫

火崎 勇
イラスト◆片岡ケイコ

グラフィック・デザイナーの梁瀬《やなせ》が帰宅すると、そこに一人の青年が。自分を猫だと言い張る彼を飼うハメに!?

君だけのファインダー

穂宮みのり
イラスト◆円屋榎英

撮影に使う花瓶をやっと見つけた新進気鋭のカメラマン・森山《もりやま》。その持ち主は、息を飲むような美貌の青年で…!?

5月新刊のお知らせ

洸［エバーグリーンの庭で(仮)］CUT／宗真仁子

佐々木禎子［ロマンティック・ニュース(仮)］CUT/水無瀬雅良

秀香穂里［完璧な共犯者(仮)］CUT／高久尚子

5月27日(木)発売予定

お楽しみに♡